KB196021

레클리스

黎明 —————— 다시없을 영웅의 기록

김신영 지음

동양북스

"나는 불꽃이 터지고 빛줄기가 화환처럼 펼쳐지고 로켓과 미사일이 날아다니는 환한 하늘의 그림자에서 태어났다. 나의 탄생은 사라진 다른 생명들을 대신하는 임무를 지녔고, 나의 삶은 어머니의 삶을 이어 갈 의무를 지녔다."

_ 킴 투이, 윤진 번역, 《루》, 문학과지성사, 2019

차례

4장

5장

서(序)

레클리스, 11월 10일 샌프란시스코 도착!

1954년 10월 어느 날, 전보 한 통이 날아들었다. 수신자는 한국전쟁에 참전해 미 해병대 제1사단 제5연대 대전차중대 75밀리미터 무반동총 소대에서 복무한 에릭 페더슨 중위. 발신처는 일본 도쿄 해병대 제1사단 사무국이었다. 간단한 전문 뒤에는 이런 내용이 덧붙어 있었다.

일본 요코하마에서 샌프란시스코로 운송할 한 마리 말에 대해 알려 드립니다. 이 말은 1954년 10월 22일 요코하마에서 출항할 예정인 퍼시픽 트랜스포트호에 승선될 예정입니다. 추후 변동 사항이 발생할 경우 해병대 제1사단 사무국에서 다시 연락드리겠습니다.

한국 복무를 마치고 캘리포니아 남부에 있는 캠프 펜들턴에서 근무 중이던 페더슨 중위는 전보 맨 앞에 적힌 이름을 보자마자 심장이 쿵쾅거렸다. 캐나다와 국경을 맞댄 고향 몬태나의 광활한 자연을 닮은 침착한 성정의 소유자였지만, '레클리스'라는 이름 앞에서는 마음의 동요를 억누르기가 쉽지 않았다.

페더슨 중위는 곧장 같은 소대원이던 조 레이섬 병장, 엘머 라이블리 병장, 먼로 콜먼 일병과 노먼 멀 하사에게 이 소식을 알렸다. 반응은 한결같았다.

"오, 하느님! 감사합니다."

그리고 모두 약속이나 한 듯, 2년 전 경기도 연천에서 첫 전투에 나서던 날의 레클리스를 떠올렸다.

*

아침부터 중공군의 포격이 계속되고 있었다. 탄약을 비축하며 반격에 대비하는 아군의 접근로를 차단하려는 의도였다. 머리 위를 스쳐 가는 포탄 소리가 공기를 찢으며 윙윙거렸다. 그 중에는 느슨하고 불완전하게 회전하는 불발탄도 더러 섞여 있었다. 레클리스의 고삐를 쥐고 있던 콜먼 일병이 말했다.

"화난 말벌 떼 수천 마리가 날아오는 소리 같아. 레클리스가 놀라서 날뛰기라도 하면 어떻게 하지?"

하지만 포탄 6발을 몸에 싣고 대기 중이던 레클리스는 '화난 말벌 떼' 소리에도 별 반응이 없었다. 윌리엄 콕스 병장이 무반동총 사격을 준비하는 동안에도 꼼짝하지 않았다. 무반동총은 다른 무기와 달리 후폭풍이 엄청난 화기였다. 총구에서 뿜어져 나오는 연기와 함께 뒤로 몰아치는 압력이 대단해 대기 중의 먼지를 모두 날려버릴 정도였다. 바로 뒤에 서 있는 병사에겐 가혹하리만치 위협적이었다.

콕스 병장이 첫 번째 무반동총을 발사하자 산이 울부짖는 듯한 소리가 울려 퍼졌다. 순간 놀란 레클리스가 콧김을 내뿜으며 고개를 젖혔다. 페더슨 중위가 목표물 쪽으로 망원경을 돌렸다. 중공군이 참호를 파던 진지가 연기와 먼지로 가득했다.

"명중이다!"

목표물을 향해 포탄 몇 발이 더 발사됐고, 사격이 끝났을 때는 목표물 주변이 먼지와 자갈, 풀잎만 흩날리는 폐허가 되어 있었다.

첫 임무에 나선 레클리스는 무반동총의 엄청난 후폭풍에 몸을 살짝 떨긴 했지만, 뒤로 물러서는 법이 없었다. 눈빛에는 두려움보다 호기심이 일렁거렸다. 콜먼 일병이 레클리스의 귀에 이렇게 속삭였다.

"그것 봐, 레클리스. 넌 이제 진짜 해병이야."

*

페더슨 중위와 소대원들은 레클리스를 만나게 될 11월 10일만 손꼽아 기다렸다. 샌프란시스코까지는 거리가 만만치 않았다. 페더슨 중위가 있는 곳에서 차로 꼬박 10시간을 달려야 하는 거리였다. 콜로라도 평원에 사는 라이블리 병장은 20시간, 상대적으로 위치가 그나마 가까운 콜먼 일병은 960킬로미터 떨어진 유타주에서 출발해야 했다. 라이블리 병장이 콜먼에게 말했다.

"레클리스를 맞이할 수만 있다면 거리가 무슨 상관이야."

"맞아요. 아내가 12시간을 달려서라도 꼭 가야 하느냐고 묻길래, 쓸데없는 소리 하지 말라고 한바탕 쏘아붙였어요."

단 한 명, 레이섬 병장은 어쩔 도리가 없었다. 그가 복무 중인 캠프 리준은 노스캐롤라이나주에 있는데, 샌프란시스코와 무려 4,500킬로미터 떨어진 곳이었다. 100시간 가까운 거리를 왕복하려면 부대 업무와 스케줄에 불이 날 상황이었다. 소식을 전하는 레이섬의 목소리에는 아쉬움이 잔뜩 묻어 있었다.

"직접 갈 수는 없지만, 마음은 그 자리에 함께할 겁니다. 레클리스는 우리 모두의 말이니까요."

마음이 무거운 레이섬 병장을 위해 페더슨 중위가 아이디어를 떠올렸다.

"레이섬, 레클리스의 도착을 환영하는 연설문을 써 보는 건 어떤가? 공식 행사에서 쓸 순 없겠지만, 우리 소대만의 특별한 이벤트가 될 걸세."

레이섬 병장은 흔쾌히 응했다. 그리고 레클리스와 첫 훈련 파트너로 만나 무시무시한 전투를 함께 치른 기억을 떠올리며 한 줄 한 줄 연설문을 써 내려갔다.

여러분, 저는 오늘 매우 특별한 이야기를 전하려고 합니다. 키 142센티미터, 체중 410킬로그램에 불과한 작은 체구의 암말 '레클리스 해병'에 관한 이야기입니다. 사실 레클리스의 여정은 불가능한 일이었습니다. 머나먼 한국 땅에 해병 전우를 두고 온다는 건 믿기 힘든 현실이었습니다. 페더슨 중위를 비롯한 소대원 모두 절망했습니다. 그 절망과 슬픔을 이겨내고 마침내 해병 레클리스가 한국을 출발해 일본을 거쳐 우리 곁으로 옵니다.

저는 늘 레클리스와 함께 전투에 나섰고, 우리가 치른 전투의 한복판에서 레클리스를 지켜봤습니다. 1953년 3월, 경기도 연천 지역에서 벌어진 '베가스 고지 전투'에서 우리는 중공군의 공격에서 살아남기 위해 온 힘을 다해 싸웠습니다. 전장은 지옥 같았습니다. 5일 동안 밤낮 없이 전투가 이어진 탓에 우리는 엄청난 물리적 피로와 정신적 고통을 견뎌야 했습니다. 그 끔찍한 지옥 속에 작은 경주마 한 마리가 있었습니다.

레클리스는 비록 체구는 작지만 불가능한 임무를 거뜬히 해냈습니다. 1953년 3월 26일, 레클리스는 험준한 산길을 오십 번 넘게 오르내렸습니다. 높고 가파른 길을 오르내리며 무거운 탄약을 나르던 모습이 지금도 생생히 떠오릅니다. 레클리스는 탄약이 바닥나 절망할 때마다 약속이라도 한 듯 어김없이 나타났습니다. 말 그대로 '전장의 구세주'였죠.

레클리스가 운반한 포탄은 총 386발, 무게로 따지면 4천 킬로그램이 넘습니다. 덕분에 우리는 무반동총의 포신이 녹아내릴 때까지 사격을 계속할 수 있었습니다. 레클리스는 단순히 물리적 무게만 옮긴 게 아니라 '희망'과 '생명'을 나른 것입니다.

수많은 전투에서 레클리스는 총알과 포탄이 쏟아지는 전장을 혼자서 걷고 달렸습니다. 포탄이 터지는 소리에도 흔들리지 않고, 언덕을 수십 번이나 오갔습니다. 부상당한 병사를 등에 태워 안전한 곳으로 데려왔죠. 누구도 레클리스에게 이 일을 가르친 적이 없습니다. 하지만 레클리스는 우리가 무엇을 필요로 하는지 정확히 알고 있었고, 그 임무를 묵묵히 해냈습니다.

레클리스가 부상을 입고도 임무를 멈추지 않았다는 사실을 전투가 끝난 뒤에야 알게 된 일도 있습니다. 등에 파편을 맞고, 왼쪽 눈 위가 찢어지면서도 임무를 완수했죠. 전쟁이 종식된 후 많은 사람이 물었습니다. "어떻게 그 작은 말이 온몸을 던져 임무를 다했을까요?" 저는 이렇게 말합니다. 우리가 레클리스를 전우로 생각했기에 레클리스도 우리를 전우로 생각한 거라고.

레클리스 이야기는 단순히 전쟁 중에 일어난 기적 같은 동물 이야기가 아닙니다. 레클리스는 진정한 용기와 헌신, 희생의 의미를 알려 주는 상징입니다. 레클리스는 우리에게 진정한 해병, 진정한 전우가 무엇인지를 가르쳐 주었습니다. 레클리스에게 꼭 전하고 싶은 말이 있습니다.

"레클리스! 넌 우리의 전우고, 우리의 영웅이고, 영원한 미 해병대원이야."

11월 9일, 레이섬 병장의 연설문을 건네받은 페더슨 중위와 소대원들은 각자의 고향에서 샌프란시스코를 향해 출발했다. 레이섬이 쓴 연설문은 레클리스와 대화가 가장 잘 통하는 콜먼 일병이 대신 읽기로 했다. 이제 이틀 후면 한국전쟁에서 생사고락을 함께한 전우 레클리스를 만난다는 상상만으로도 소대원 모두의 가슴엔 고단함 대신 기쁨과 감동이 밀려들었다.

1장

소년

한국전쟁에서 놀라운 공을 세운 경주마 레클리스의 활약을 전하려면 조금 먼 길을 돌아가야 한다. 일제강점기인 1935년, 이제 갓 여덟 살이 된 소년과 불꽃이라는 이름을 가진 경주마 이야기다.

20세기의 허리를 가로지르는 세계사적 사건(일제강점기, 태평양전쟁, 한국전쟁)이라는 거대한 벽화에 눈금 한 점 정도로 새겨졌지만(그래서 많은 사람이 눈치채지 못했지만) 말과 함께한 그들의 이야기는 분명 기록할 만한 서사라고 생각한다.

경마 기수인 한 소년과 미 해병대 에릭 페더슨 중위의 우연한 만남, 그리고 뛰어난 경주마 불꽃과 미 해병대 군마 레클리스의 필연적 고리가 교차하는 긴 이야기를 지금 시작한다.

*

소녀의 이름은 김혁문. 무뚝뚝하고 권위적이지만 가족에 대한 책임감이 깊은 아버지, 아들 일이라면 언제나 지지하고 감싸안는 어머니, 동생을 유난히 잘 챙기는 누나 정순과 남순이 가족이었다.

여덟 살 소년에겐 꿈이 있었다. 자신이 말의 주인이 되는 것, 좀 더 정확히 말하면 경주마의 주인이 되는 것이었다. 어떻게 그런 꿈을 품게 됐는지는 기억나지 않았다. 굳이 떠올려 보자면 다섯 살 때였던가, 아버지와 누나와 함께 우연히 경마장을 구경한 뒤였다.

일본인의 학대로 할아버지를 잃은 후 일본군 기병대만 지나가도 침을 뱉던 아버지가 경마장이 내려다보이는 언덕으로 혁문을 데리고 올라간 건 순전히 우연이었다. 당시 경마는 암울한 조선 사람들의 시름을 달래는 최고의 오락거리로 자리 잡고 있었다. 논밭과 미나리밭 천지인 경기도 고양군 숭인면 신설리(지금의 동대문구 신설동)에 5만 평 규모의 근대적 경마장이 문을 열면서 경마의 인기는 날로 치솟고 있었다.* 경마를 '일본인끼

리의 말 노름'이라고 외면하던 사람들도 "일본 고유의 풍물이 아니다"라는 해석을 듣고 관심을 갖기 시작하더니, 어느새 하루 입장객이 7천 명에 달하는 대중오락의 한몫을 차지하게 된 것이다.

혁문이 먼발치에서 경주마를 보게 된 때는 봄가을에 열리는 경마 대회 중 춘계 경마의 첫 테이프를 끊는 날이었다. 벚꽃 피는 시기에 맞춰 시작하는 서울 춘계 경마는 전국에서 빠르기로 소문난 말들도 참가하기 때문에 지방 경마 팬까지 끌어모았다. 경마가 열리기 보름 전부터 거리에는 포스터가 나붙고 악대를 앞세워 홍보용 시가행진도 하기 때문에 이날은 그야말로 모든 게 허용되는 축제 같았다.

경마장 주위는 중절모를 쓰고 새 양복으로 한껏 멋을 낸 중년 남자들과 그들의 손을 잡은 아이들, 삼삼오오 모여 이야기꽃을 피우는 젊은 여성들로 북적이고 있었다. 동대문과 청량리를 오가는 전차와 역마차는 쉴 새 없이 사람들을 실어 날랐다. 도시락까지 챙긴 가족들이 입장권을 끊고 경마장에 들어서는

• 1925년 을축년 대홍수로 용산구 이촌동에 있던 경마장이 유실되자, 1928년 수해 우려가 적은 신설동에 경마장을 새로 지었다. 이후 한국전쟁으로 신설동 경마장이 부서지고 남은 터를 미국 공군 비행장으로 쓰면서 경마장은 뚝섬으로, 그다음 과천으로 자리를 옮겼다.

모습은 부러운 풍경이었다.

좁은 경마장 입구를 가득 메운 인파에 언덕 끝까지 밀려난 다섯 살 혁문에겐 모든 게 새로웠다. 그중 가장 새로운 건 단연 경주마였다. 거리가 먼 데다 삐쭉 솟은 어른들 머리가 시야를 방해했지만, 오전 10시 첫 테이프를 끊은 경마는 다섯 살 꼬마의 마음을 완전히 사로잡았다. 종소리가 광장에 울려 퍼지며 경마의 시작을 알리자, 전국에서 올라온 준마들이 출발선에 정렬하기 시작했다. 수천 명의 관중이 일제히 숨을 죽였다. 출발 신호를 알리는 깃발이 허공을 휘젓는 순간, 마치 활시위를 벗어난 화살처럼 모래 먼지를 일으키며 말들이 앞다퉈 나아갔다.

꼬마 혁문의 가슴이 요동쳤다. "안장 위에 사람 없고, 안장 밑에 사람 없다"라고 하더니, 말과 기수가 밀착한 모습이 한 덩어리로 보였다. 수천 관중이 내지르는 환호성이 경마장 밖 언덕까지 고스란히 전해졌다. 우승을 거머쥔 말이 결승선을 통과할 때는 비탈에 가까스로 붙여 놓은 두 발이 슬쩍 들썩일 정도였다.

그날 이후 혁문에게 이상한 증상이 생긴 걸 알아챈 이는 누나 정순이었다. 날씨가 무덥던 어느 날, 동생의 성화에 못 이겨 경마장 언덕 그늘을 찾아간 정순은 경마장에 시선을 고정한 혁문이 아무 소리에도 반응하지 않는 걸 느꼈다. 가끔씩 몸을 부르르 떠는 걸 빼면, 한눈에 봐도 딱딱하게 굳은 나무토막 같았다. 한참을 뙤약볕에 앉아 있던 터라 얼굴은 온통 땀범벅이었다. 열사병이라도 걸릴까 싶어 젖은 수건으로 얼굴을 닦고 물을 먹이려 해도 거칠게 뿌리쳤다. 기어이 물을 먹이는 동안에도 혁문의 시선은 경마 트랙에 붙박여 있었다.

그때 트랙 밖에서 연습 중이던 기수 한 명이 언덕 앞 울타리로 다가왔다.

"혹시 물을 좀 줄 수 있니?"

정순이 병에 채워 온 물을 건넸다. 혁문의 눈이 반짝거렸다. 기수 뒤에 서 있는 말. 코 아래 불타는 듯한 붉은 털과 흰 페인트를 묻힌 것 같은 다리를 가진 말. 고맙다는 인사와 함께 기수가 자리를 뜰 때까지 혁문은 홀린 사람처럼 그 말만 쳐다봤다.

*

혁문은 여덟 살이 될 때까지 틈만 나면 경마장 밖 언덕을 찾았다. 경마장이 소년을 끌어당기는 자석 같았다. 경마장 근처에만 가면 느닷없이 달리기 시작했고, 절대 걷는 법이 없었다. 넘어져서 무릎이 까지고 피가 흘러도, 정순이 소리 높여 불러 세워도 말릴 수 없었다. 태양이 내리쬐고, 숨이 턱에 차고, 입술이 말라붙고, 혀가 타들어 가는데도 말들을 바라보고 있으면 금세 잊는 듯했다.

혁문에게 가장 즐거운 건 '흰 다리와 붉은 털을 가진 말'을 눈앞에서 보는 일이었다. 기수와 함께 달리는 말이 혁문이 자리한 언덕 밑 울타리를 지날 때면, 전날 밤 꿈속에 등장했던 말과의 아쉬운 이별을 달래는 기분이 들었다. 혁문에게 그 말은 누구보다 빨랐다. 심지어 영등포를 향해 달려가는 기차보다 빠른 것 같았다. 혁문에게 가장 무서운 건 연습을 끝낸 기수가 말과 함께 트랙을 떠나는 일이었다. 낮 동안 열병처럼 소년을 감싸던 열망이 차갑게 식는 시간. 그제야 혁문은 집으로 돌아갈 먼 길을 걱정하기 시작했다.

*

경주마의 주인이 되고 싶지만, 혁문의 집은 철부지 여덟 살 짜리도 알 만큼 가난했다. 하루 종일 경마장에서 시간을 보내다 돌아오는 소년은 황토와 짚으로 만든 흙벽돌 집들이 옹기종기 모여 있는 동네에 살았다. 울퉁불퉁한 길 위로 튀어나온 돌들은 마차 바퀴에 흠집을 내기 일쑤였다. 집 안 상황은 더 나빴다. 볏짚으로 된 지붕은 곰팡이가 피어 지저분했고, 문들은 뒤

틀려 있었다.

아버지는 전차에서 일본 경찰에게 매질을 당한 후부터 부쩍 말수가 줄었다. 달랑 찬 하나 올려놓은 저녁 식사를 마친 아버지가 담배에 불을 붙이며 이불 장롱에 몸을 기댔다. 아버지의 어깨는 밭에서 일한 피로에 무겁게 처져 있고, 손은 땅을 일구느라 거칠고 상처투성이였다. 담배 연기를 깊게 들이마시고 잠시 숨을 고르던 아버지가 혁문에게 말했다.

"네 어머니와 내가 일본 놈들 밭에서 하루 종일 일하지만 쌀과 옷에 넣을 솜 사기에도 턱없이 부족해. 게다가 오늘은 전차 삯만 5전이나 썼으니…. 매일이 이런데, 좋은 날이 오기는 할까?"

아버지는 아들의 미래만큼은 책임지고 싶었지만, 벗어날 길 없는 현실에 지쳐 있었다. '저 녀석을 학교에 보낼 수 있을까?' 생각해 봤지만, 한 달에 50전이나 하는 학비는 지금 상황에선 너무 큰 짐이었다. '그래도 올해 여덟 살이니 결정해야 해.' 아버지가 결심한 듯 자리를 털고 일어나며 혁문에게 말했다.

"남자는 적어도 땅 여섯 마지기는 있어야 미래가 있다. 하지만 공부를 하지 않으면 불가능한 꿈이지. 사람은 모름지기 읽고 쓸 줄 알아야 해. 너도 이제 여덟 살이니 학교 갈 준비를 해라."

가족 모두 잠자리에 들었을 때, 바람이 무섭게 불더니 엉성한 지붕 위로 빗방울이 떨어지기 시작했다. 잠에서 깬 혁문에겐 지붕을 때리는 빗소리가 또각또각 말발굽 소리로 들렸다. '아버지는 학교에 다녀야 땅이 생긴다고 하지만, 나는 말을 갖는 거 외엔 관심이 없어. 그러니 말 살 돈이 필요해.'

하루는 몰래 들어간 경마장 관중석 아래에서 어두운 통로 하나를 발견했다. 호기심 반 두려움 반의 심정으로 몸 하나가 겨우 들어갈 작은 입구를 열었다. 어두컴컴한 통로에는 온갖 폐품이 널려 있었다. 종이, 병, 과일 껍질, 사과 조각, 벌금 고지서, 나무 조각들. 순간 혁문의 가슴이 콩닥거렸다. 누나들과 폐품을 주워 팔던 기억이 떠올랐고, 그러자 이 장소가 마치 보물창고 같았다.

통로를 빠져나온 혁문은 경마장 울타리 바깥 햇빛이 잘 드는 곳에 자리를 잡고 폐품을 정리하기 시작했다. 깨진 병과 과일 껍질은 쓰레기 더미에 버리고, 종이는 펼쳐서 차곡차곡 쌓았다. 길이가 1미터쯤 되는 튼튼한 가죽도 있었는데, 그것을 펼친 순간 엄청나게 귀중한 것을 손에 넣은 느낌이 들었다.

무엇보다 먼지투성이 쇠붙이가 횡재였는데, 조심스럽게 흙을 털어내니 50전짜리 동전이었다. 혁문은 누군가 이 장면을 훔쳐볼까 싶어 곧장 주변을 둘러봤다. 그러고는 동전을 고무신

속에 조심스레 넣고 보물창고 입구를 가렸다. 누나 정순에게도 알리지 않을 심산이었다.

'경마가 열릴 때마다 여길 뒤지면 금방 말을 살 수 있을 것 같아.'

세상 물정 모르는 여덟 살 소년의 희망 사항이었다.

*

"조랑말은 그 작은 체구에 유럽식 안장을 얹으면 마치 아이에게 아버지 옷이라도 입혀 놓은 것처럼 복대가 축 늘어진다. 한데 놀라운 것은 소인국의 말 같으면서도 그 운동력과 지구력에 감탄하지 않을 수 없다는 점이다. 먹이라고 해야 기껏 짚단 몇 줌일 뿐인데, 90킬로그램이 넘는 무거운 짐을 지고도 지치지 않고 매일 48킬로미터를 거뜬히 걷는다."

일찍이 영국 여류 탐험가 이사벨라 버드 비숍•이 남긴 헌사다. 그녀의 말대로 원래 한반도에서 볼 수 있던 말은 제주도 조랑말이 전부였다. 그러나 1930년대 신설동 경마장을 달리던 경

• 영국 왕립지리학회 최초의 여성 회원이다. 1894년 예순이 넘은 나이에 우리나라를 처음 방문했으며, 이후 네 차례 여행하며 《Korea and Her Neighbours》를 펴냈다. 국내에서는 '한국과 그 이웃 나라들'이라는 제목으로 1994년에 번역, 출간되었다.

주마 대부분은 일명 '신조선마'로 불리는 종이었다. 경마가 성행하던 1930년대 전후, 일본이 한반도 기후와 풍토에 적응할 수 있는 실용마를 만들기 위해 교배종 말을 만든 것이다. 제주 몽골 암말과 일본 서양종 수말을 교배한 '신조선마'가 그것으로, 몽골 말의 강인한 체력에 서양 말의 체구와 속도를 결합한 것이 특징이다.

혁문이 사랑한 말 역시 제주 몽골 암말과 서러브레드의 교배로 낳은 말일 가능성이 컸다. 서러브레드(Thoroughbred)는 17~18세기 영국에서 재래종 암말과 아랍(Arab), 바브(Barb), 투르코만(Turkoman)종 수말을 교배해 탄생시킨 말로 크고 날렵한 근육질 체형에 세계에서 가장 빠른 경주마로 알려져 있다. 어린 혁문이 가까이에서 처음 본, '코 아래 불타는 듯한 붉은 털과 흰 페인트를 묻힌 것 같은 다리를 가진 말'에 딱 들어맞는 모습이었다.

혁문은 경마장 언덕과 울타리 너머가 아니라 조금이라도 더 가까운 곳에서 말을 살피고 경주를 보고 싶었다. 그러려면 입장권이 필요했다. 고무신 바닥에 차곡차곡 모아 온 돈을 털면 가능했지만, 첫 경마장 입성은 시작부터 난관이었다. 여덟 살짜리 소년에겐 입장권을 팔지 않는다는 것. 그런데 어디서 그런 용기가 나왔을까. 혁문은 화사한 원피스 차림으로 경마장 입구에 서 있는 여성의 손을 잡더니 함께 들어가 줄 것을 부탁했다.

*

경마장 내부는 생각보다 훨씬 멋스러웠다. 1,600미터 트랙과 목조로 지은 2층 관람대, 경주마를 관리하는 마사가 다섯 동이나 있었다. 까치발을 하고 올려다본 귀빈실은 한 뼘 차이로 안을 볼 수 없었다.

바람은 조금 차가웠지만 하늘은 더할 나위 없이 맑았다. 혁문은 최대한 경주 트랙과 가까운 곳에 자리를 잡았다. 말들이 트랙 한쪽에서 몸을 풀고 있었다. 기수들이 고삐를 조심스럽게 잡고 있었고, 말들은 발을 구르며 긴장을 풀었다. 붉은 흙으로 덮인 트랙 위에는 말발굽 자국이 어지러이 남아 있었다. 혁문은 그 자국들을 하나하나 눈에 담았다.

드디어 첫 경주의 시작을 알리는 안내 방송이 흘러나왔다. 기수들은 출발 신호를 기다리며 몸을 낮추고, 말들의 근육이 활시위처럼 팽팽하게 당겨졌다. 고요와 긴장으로 채워진 순간, 말과 기수가 숨을 멈췄다.

출발 총성이 울리자 말들이 동시에 튀어 나갔다. 말발굽 소리가 땅을 울렸다. 처음 경험하는 입체적 울림에 혁문의 가슴이 덩달아 뛰기 시작했다. 말들은 트랙을 달리며 먼지를 일으켰다. 근육이 쉴 새 없이 수축하고 이완하며 땅을 박차고 나아갔다. 갈기가 바람에 휘날렸다. 말들의 몸은 마치 땅 위를 나는 듯했다.

'저 속도… 저 힘… 어떻게 저렇게 달릴 수 있지?'

질주하는 말들에게는 목적지가 없어 보였다. 달리는 것이 전부라는 듯, 그렇게 자신의 존재를 증명하는 느낌이었다.

'저건 단순히 앞만 보고 달리는 게 아냐. 달리면서 더 강해지고 자유로워지는 것 같아.'

혁문은 자신도 모르게 말의 움직임에 맞춰 몸을 흔들었다. 그 순간만큼은 말과 자신이 하나가 된 듯한 기분이 들었다.

경주가 끝나자 자신이 응원하는 말들을 향해 목이 터져라 소리 치던 사람들이 박수를 보내기 시작했다. 거친 숨을 토해 내는 말들의 눈빛이 형형하게 빛났다.

'저 눈빛… 계속 달리고 싶다고 말하는 것 같아.'

우연이라기엔 너무도 놀라운 일이 벌어진 건 그 직후였다. 경주를 끝내고 마사로 향하던 말 중 한 마리가 다시 트랙을 향하더니 혁문을 향해 고개를 끄덕였다. 혁문이 뒤를 돌아봤을 땐 아무도 없었다. 관중석 가장 가까운 자리에서 말들의 레이스에 흥분하던 소년이 기특했던 걸까.

혁문은 기수와 눈이 마주친 순간 깜짝 놀라 소리를 지를 뻔했다. 언젠가 누나 정순이 물을 건넨 기수, 그리고 그가 탄 말은 꿈에 그리던 '흰 페인트를 묻힌 것 같은 다리를 가진 말'이었다.

칸과 다케오

정순이 '젠틀'하다고 말한 기수는 일본인이었고, 그의 이름은 칸이었다. 칸은 정순이 물을 건넨 것에 대한 보답으로 두 사람에게 경마장 마사를 구경시켜 주겠다고 약속했다. 혁문은 그날만 손꼽아 기다렸다. 보고 싶은 게 너무 많았고, 묻고 싶은 게 너무 많았다. 소년의 운명을, 혁문의 일생을 바꿀 일이 눈앞에 있다는 사실을 그때까지는 아무도 몰랐다.

드디어 경마장 마사를 방문하는 날, 누나 정순은 어머니가 받아 온 일감을 마무리해야 해서 혁문 혼자 마사를 찾았다. 두 번째 마사를 돌던 혁문의 눈앞에 조련사 두 명이 불안해하는 말 한 마리를 마사에서 끌어내는 모습이 보였다. 흥분한 말 때문에 조련사들은 바짝 긴장한 모습이었다. 그중 한 명이 말 등에 안장을 얹었지만, 미처 안장을 채우기도 전에 말이 뒷발을 들어 올렸다. 그 순간, 조심스럽게 말에게 다가간 칸이 주저 없이 말 등에 올라타더니 고삐를 잡고 트랙을 향해 달려 나갔다.

혁문은 칸이 트랙을 돌며 말을 달래는 모습을 더 가까이에서 보고 싶었다. 말은 쉽게 진정하지 못했다. 격렬하게 발을 구를 때마다 흙먼지와 자갈이 날아들었다. 사건은 그때 시작됐다. 갑작스러운 회오리바람을 타고 날아든 종이 한 장이 말의 앞다리에 걸렸다. 놀란 말이 몸을 일으키더니 사납게 날뛰기 시작했다. 칸의 몸이 펜스 쪽으로 밀리더니 부츠마저 등자에 꼬여 버렸다. 당황한 조련사가 달려가 고삐를 잡으려 했지만, 회전하던 말의 몸통에 부딪혀 바닥에 고꾸라졌다. 급기야 미친 듯 날뛰던 말이 조련사를 향해 뒷발질을 하기 시작했다.

여덟 살 소년이 감당하기엔 너무도 무서운 장면이었다. 하지만 눈앞에서 낙엽처럼 나가떨어지는 조련사와 칸의 위기를 그대로 두고 볼 순 없었다. 틈을 노리던 혁문이 몸을 던져 말고삐를 잡았다. 종이비행기처럼 펜스에 부딪혔지만 고삐만은 필사적으로 놓지 않았다. 온 힘을 다해 재갈을 당기자 통증을 느낀 말이 흥분을 가라앉히더니 같은 자리를 천천히 돌았다.

혁문은 말고삐를 손에 쥔 채 흙바닥에 무릎을 꿇었다. 나이든 조련사가 달려와 혁문의 손에 감긴 고삐를 풀어 주었다. 남은 조련사들이 칸의 발을 등자에서 빼냈고, 칸은 언제 그랬냐는 듯 땅에 떨어진 풀을 집어 자신의 옷에 묻은 흙을 털어 냈다. 하지만 등자에 걸린 충격 때문인지 다리를 절뚝이더니 턱에서도 경련이 일었다.

정신을 차린 칸이 혁문을 일으켜 세웠다. 그리고 부드러운 손길로 혁문의 얼굴과 옷에 묻은 흙을 털어 주었다. 그제야 안심했는지 혁문이 울음을 터뜨렸다.

"울지 마라. 너는 용감한 사내야. 이름이 뭐지?"

눈물을 닦아 낸 혁문이 고개를 들었다.

"김혁문입니다."

"아버지는 어떤 일을 하시지?"

"일본인이 주인인 논에서 쌀농사를 짓고 있습니다."

잠시 생각에 잠겼던 칸이 다시 물었다.

"늘 궁금했는데, 왜 매일같이 경마장을 찾아오는 거지?"

혁문은 지체 없이 답했다.

"하얀 다리를 가진 붉은 말을 보려고요."

두 사람의 대화를 듣던 늙은 조련사가 칸에게 따뜻한 차를 건네며 눈길을 주고받았다. 이번에는 늙은 조련사가 물었다.

"내 이름은 다케오야. 칸과 나, 그리고 우리 말들과 함께 일해 보지 않을래?"

너무 놀란 혁문이 손에 들고 있던 찻잔을 떨어뜨렸다.

"지금 저를 놀리시는 건가요?"

칸과 다케오는 서로 얼굴을 마주 보며 의미심장하게 웃었다. 두 사람이 장난을 치는 것 같지는 않았다.

"그게 아니라면… 하겠습니다. 저는 다른 조련사들처럼 붉은 말을 이끌고 싶습니다. 그 외엔 아무것도 필요하지 않습니다."

칸이 혁문의 머리를 쓰다듬으며 말했다.

"너는 어떤 조련사보다 잘할 거라 믿는다. 조금 전 그 가능성을 보여 줬어. 다케오와 내가 가르치면 너는 최고가 될 수 있어."

칸이 지갑에서 10엔짜리 지폐를 꺼내 혁문에게 건넸다.

"이건 다케오의 수습 조련사로 일하는 첫 달 월급이다."

10엔이면 쌀 한 가마를 살 수 있다. 혁문은 순간 가족들의 얼굴이 떠올랐지만 정중히 거절했다.

"저는 오후에는 학교에 가야 해서 하루 종일 일할 수 없어요. 게다가 이 돈은 너무 많습니다."

칸과 다케오가 혁문의 손에 다시 지폐를 쥐여 주었다. 칸이 발목 부상을 확인하려는 듯 바닥을 쿵쿵 밟았다. 그리고 혁문과 다케오를 향해 큰 목소리로 말했다.

"좋아! 이제 1번 조련사와 2번 조련사가 경주를 위해 준비할 말이 있다. 대령님이 불호령을 내리기 전에 말이다."

그들과 함께 일하며 붉은 말을 다룰 수 있다니. 혁문은 오랫동안 바라던 꿈이 현실로 변하는 기분이 들었다.

*

혁문이 수습 조련사가 되고 싶다고 조심스럽게 말을 꺼냈을 때, 아버지는 불호령부터 내렸다.

"네 할아버지가 어떻게 돌아가셨는지 몰라? 그걸 아는 놈이 일본군 기병대 말을 관리하는 경마장에서 일하겠다는 거냐?"

더 큰 이유도 있었다. 단지 돈을 벌기 위해서라고 해도 우리 땅을 침략한 일본인들과 매일 접촉하는 건 아들의 교육에 좋은 영향을 줄 것 같지 않았다. 세상을 바라보는 아들의 관점이 일본인들에 의해 만들어질 수 있다는 상상이야말로 아버지를 분노하게 만드는 진짜 이유였다.

혁문의 아버지는 조선을 침략한 세력들에 대한 증오를 칼처럼 가슴에 품고 있는 사람이었다. 그 와중에 일본군이 통제하는 경마장은 절대 가까이해서는 안 되는 장소였다. 경마는 그들만의 스포츠였고, 조선인은 구경꾼이나 노름꾼, 기껏해야 말단 사무 외엔 인정받지 못하는 영역이라고 생각했다.

칸이 유명한 기수라고 듣긴 했지만, 그가 아들에게 보이는 관심도 미심쩍었다. 칸이 진심을 다해 말 조련법을 가르치겠다고 해도, 거기엔 진정성이 없어 보였다.

물론 혁문의 아버지는 직감하고 있었다. 다섯 살 때부터 지금까지 아들이 말에 대해 보이던 관심과 애정과 꿈을 꺾을 수 없다는 사실을. 오랫동안 손에 흙을 묻히고 살아온 사람들은 상대의 마음을 직관적으로 읽어 낼 줄 안다. 혁문은 이미 칸과 다케오에게 마음을 뺏긴 눈치였다.

혁문을 수습 조련사로 일하게 해 달라고 설득하기 위해 직접 집을 찾은 칸에게 혁문의 아버지는 깊은 한숨을 내쉰 뒤 조심스럽게 말을 꺼냈다.

"아들이 수습생이 되는 걸 허락하겠습니다. 하지만 이것 하나만은 꼭 약속해 주십쇼. 아이는 학교에 가야 합니다. 아직 배워야 할 게 많습니다."

칸은 망설임 없이 고개를 끄덕였다.

"물론입니다. 그 아이는 말 외에도 배워야 할 것이 많다는 걸 인정합니다."

칸이 10엔짜리 지폐 다섯 장을 혁문의 아버지에게 건넸다.

"계약금입니다. 앞으로 5년 동안 혁문을 가르친다는 약속입니다."

문밖에서 두 사람의 대화를 엿듣던 혁문이 집 안으로 뛰어들었다. 얼굴은 흥분과 기쁨으로 온통 홍조를 띠고 있었다. 말을 잇지 못하는 혁문이 곧장 칸에게 달려가 안겼다. 아버지는 그 장면이 도무지 믿기지 않았다. 도대체 어떤 열망이 아들을 저렇게 만들었을까.

아버지의 시선을 느낀 칸이 혁문에게 말했다.

"앞으로 5년 동안 너는 나의 수습생이다. 그 후에는 나이가 들어 말을 탈 수 없는 나를 대신해 기수가 될 거야."

혁문의 눈이 반짝였다.

"또 하나. 아버지와 약속한 대로 매일 오후엔 반드시 학교에 가야 한다."

혁문이 얼굴을 찡그렸지만, 칸은 단호했다.

"이 약속은 반드시 지켜야 해. 내일 아침 해가 뜨기 전에 경마장으로 오거라. 할 일이 산더미야."

*

혁문의 경마장 생활은 그야말로 발군이었다. 한 달을 묵묵히 지켜본 칸이 이런 말을 할 정도였으니까.

"너는 오로지 말을 사랑하기 위해 태어난 사람 같구나."

칸이 트랙을 달리며 말을 훈련시키는 동안, 늙은 조련사 다케오는 혁문에게 말에 관한 모든 것을 가르쳤다. 말의 골격, 근육, 힘줄, 필수 기관에 이르기까지 하나하나 정성을 다해 설명했다. 말의 몸을 이해하는 것이 가장 중요하다는 걸 다케오는 귀에 딱지가 앉을 정도로 강조했다. 오후에는 학교에 가야 하니 시간이 빠듯했지만, 매일 추가되는 말에 관한 새로운 지식은 절대 놓치고 싶지 않았다.

칸과 다케오에게 듣는 이야기도 하나둘 늘어 갔다. 두 사람은 3년 전 일본에서 건너왔고, 그들의 직속 상관은 일본군 기병대장 미나미였다. 수습 기간이 끝나갈 무렵, 칸은 성난 종마를 진정시키던 상황을 설명하며 미나미에게 혁문을 소개했다. 혁문의 용기를 칭찬하던 대령은 입가에 미소를 짓고 있었지만 눈빛은 형형하고 날카로웠다.

대령에겐 경주마 10마리가 있었다. 조련사 다케오의 임무는 대령의 지시에 따라 이 말들을 철저히 관리하고 훈련시키는 것이었다. 다케오는 경주마를 자신의 목숨처럼 아끼는 미나미 같은 군인이 많다고 알려줬다. 거기엔 이런 배경이 있었다. 일본 경마는 1866년 요코하마에서 처음 시작됐다. 당시 요코하마 경마장은 온통 외국인 천지였고 일본인은 접근하기 어려웠다. 경마 열풍이 본격적으로 불기 시작한 건 청일전쟁(1894~1895)과

러일전쟁(1904~1905)을 치르면서 일본군이 경험한 사건 때문이었다.

특히 러일전쟁이 안겨 준 쇼크는 대단했다. 일본군은 비록 전쟁에서는 승리했지만 그 과정에서 러시아 말에 비해 너무 볼품없는 일본 말을 보고 큰 충격을 받았다. 오죽하면 러시아군 패장인 아나톨리 스테셀 장군에게 군도 대신 군마를 전리품으로 달라고 자청했을까. 그 쇼크의 후폭풍으로 '말 개량론'에 강력한 힘이 실리면서 이를 위한 해법으로 경마의 필요성이 강조됐고, 일본 전역에 경마 클럽이 난립하게 됐다.

또한 일본군에게 말은 군의 주요 기동 수단이었다. 보병, 포병, 공병뿐 아니라 군수 부문에 이르기까지 군마 보유량은 차량에 견줄 만큼 중요한 자산이었다. 특히 도로가 많이 깔리지 않고 항공수송 능력도 낮았던 때라 육상전에서 말이 차지하는 전력은 막강했다. 대륙 침략의 야욕을 활활 불태우던 일본군으로선 침략전이 확대되는 상황과 맞물려 방대한 양의 말이 필요했던 셈이다.

아무려나, 말을 사랑한 소년 혁문은 붉은 말을 훈련장으로 데리고 갈 수 있다는 사실이 더없이 행복했다. 그 시간만큼은 오롯이 혁문과 붉은 말, 둘만의 것이었다. 붉은 말의 숨결이 목에 닿을 때면 혁문은 세상 무엇도 부럽지 않았다.

매일 오전 일과 중 가장 중요한 건 말과 함께 원을 그리며 걷고 또 걷는 일이었다. 그 장면을 지켜보던 다케오와 칸은 말과 교감하는 혁문의 능력이 누구보다 뛰어나다는 걸 인정했다. 두 사람이 입버릇처럼 강조한 말이 있다.

"말을 다루는 기술은 누구나 타고나는 게 아냐. 그것은 배워야 하고, 익혀야 하지."

혁문은 자신이 직접 붉은 말의 한글 이름을 지어 주고 싶었다. 그리고 가끔씩 "아침해야"라고 몰래 속삭였다. 붉은 말은 곧잘 알아듣는 눈치였다. 다케오와 칸도 한글 이름을 지어 주는 걸 허락했지만 '아침해'는 붉은 말의 성격을 담아 내기엔 조금 부족하다고 말했다. 칸과 다케오와 혁문이 머리를 맞댄 결론은 '불꽃'이었다. 트랙을 질주하는 붉은 말의 경주 스타일이 타오르는 불꽃 같았기 때문이었다.

붉은 말과 나눈 교감은 단순한 훈련 이상의 것이었다. 혁문의 손길에 따라 말의 동작이 달라지고, 혁문의 목소리에 따라 말의 반응이 미묘하게 변했다. 말의 움직임과 속도, 그리고 본능적인 야생의 기질까지 이해하면서 혁문 스스로도 조금씩 성장하고 있다는 걸 느꼈다.

*

1930년대에는 경마가 매일 오전에 네 번, 오후에 여덟 번 열렸다. 그중 큰 타이틀이 걸린 경마는 많은 준비와 각오가 필요했다. 특히 일본 총독배 쟁탈 경마 대회가 그랬다. 상금 1천 엔과 우승컵이 걸린 경주에 미나미는 모든 것을 걸었다고 했다. 칸이 혁문에게 우승의 의미를 설명했다.

"상금은 아무것도 아냐. 우리에겐 우승컵이 중요해. 이번에 이기면 세 번째 우승이라 우승컵을 영원히 소유할 수 있거든."

혁문이 확신에 찬 목소리로 말했다.

"어떤 말도 불꽃을 이길 순 없어요."

칸이 고개를 저었다.

"그 말은 틀렸어, 꼬마 조련사. 믿음은 좋지만, 경주에서 이기고 지는 이유는 천 가지가 넘어. 경주가 끝날 때까진 아무도 몰라."

칸의 경주를 지켜보기 위해 다케오와 혁문은 결승선 근처로 이동했다. 트랙을 지켜보던 다케오가 경쟁마 5마리의 장단점을 짚었다. 부산에서 온 종마가 트랙 위에서 몸을 풀고 있었다.

"저 말이 불꽃의 유일한 경쟁자야."

혁문은 조마조마한 마음으로 출발선을 응시했다. 심판이 출발선을 정리한 뒤 신호를 울렸다. 경주마 6마리가 폭발하듯 트랙으로 달려 나갔다. 부산 종마와 대구의 사나운 말이 선두로 치고 나가고, 제주 불꽃은 그 뒤에서 천천히 페이스를 유지했다. 다케오가 중얼거렸다.

“이러면 꼴등인데….”

혁문의 시선은 계속 불꽃을 쫓았다. 후미에서 속도를 올리던 불꽃은 첫 번째 커브를 돌 때까지도 선두권과 거리가 있었다. 불꽃이 스퍼트를 올린 건 결승선을 800미터 남겼을 때였다. 다케오가 혁문의 귀에 속삭였다.

“대구 말은 더 속도를 낼 수 없어. 커브를 돌면 속도가 줄어들 거야. 칸도 알고 있을 테니 불꽃이 안쪽으로 치고 들어갈 거야.”

다케오의 예측대로 불꽃이 마지막 코너에서 부산 종마를 바짝 뒤쫓기 시작했다. 두 말의 거리가 10미터 안쪽으로 좁혀졌다. 관중석이 들썩였다. 칸이 다가오는 걸 확인한 부산 종마의 기수가 채찍질을 시작했다. 칸이 그 틈을 놓치지 않고 안쪽 펜스로 치고 들어가며 부산 말을 추격했다. 마지막 100미터, 불꽃의 머리가 선두로 튀어나왔다. 칸이 약속한 사인을 보내자 불꽃이 우승을 향한 마지막 스퍼트를 시작했다.

칸은 어느 때보다 멋있는 자세로 우승 인사를 마친 뒤 혁문에게 말했다.

“말했지? 경주에서 이기는 방법은 천 가지가 있다고.”

*

5년이 흘렀다. 혁문은 이제 소년의 느낌보다 베테랑 조련사다운 분위기가 물씬 풍겼다. 불꽃은 출전한 경주마다 좋은 성적을 거뒀다. 그런 불꽃을 바라볼 때면 혁문의 마음속에 숨겨 둔 어린 시절 꿈이 되살아났다. 불꽃을 처음 봤을 때부터 품었던 꿈. 그걸 온전한 현실로 바꾸고 싶었다.

칸에게 물었다.

“아주 오래전부터 제 꿈은 불꽃의 주인이 되는 겁니다. 가능할까요?”

칸은 단호했다.

“그 꿈은 이루어질 수 없어. 대령님은 절대 말을 팔지 않을 거야.”

대령은 얼마 전 경주마들을 번식용으로 일본에 보내면서도 불꽃만큼은 남겨 둘 것을 명령했다. 그것은 불꽃이 얼마나 좋은 말인지, 대령이 얼마나 불꽃을 아끼는지 잘 알려 주는 일이었다.

혁문을 심란하게 만드는 건 또 있었다. 늙고 아픈 다케오와 칸의 미래였다. 말에 관한 모든 것을 가르쳐 준 스승이자 아버지 같은 존재. 그들의 부재는 상상할 수 없지만, 칸은 눈앞의 현실을 서서히 받아들이라고 말했다.

"다케오가 편히 일본으로 돌아갈 수 있도록 마음의 준비를 해. 나 역시 마찬가지야. 대령님께 보고했듯, 나도 말을 타기엔 너무 늙어 버렸어."

"늙긴요. 당신은 여전히 최고의 기수예요."

"말은 고맙지만 엄연한 사실이야. 말을 대하는 널 볼 때마다 느끼지만, 넌 나이보다 훨씬 성숙해. 앞으론 네가 최고의 기수가 될 거다. 참, 불꽃도 이제 은퇴해야 할 거야. 은퇴 전 레이스에서 불꽃의 파트너로 너를 추천하려고 해."

혁문이 기수로 데뷔하던 날, 칸은 혁문을 안장 위로 올려 주며 이렇게 말했다.

"첫 경주야. 우승해야지!"

혁문의 데뷔전은 채찍이나 박차 없이 진행하는 경기로, 경쟁마 모두가 불꽃보다 한참 젊은 말들이었다. 활기가 넘치다 보니 출발선에서 약간의 혼란이 빚어졌다. 말들이 서로 밀치며 출발선 펜스까지 넘어뜨렸다. 경주가 시작된 후 혁문은 불꽃의 긴장을 손끝으로 느끼며 천천히 속도를 올렸다. 선두마 두 마리가 속도를 높였지만, 혁문은 불꽃의 경험과 속도에 몸을 맡겼다. 남은 힘을 숨기고 있다는 걸 불꽃의 반응으로 알 수 있었다.

결승선이 가까워졌을 때 혁문은 칸에게서 보고 배운 전략을 썼다. 선두마 사이의 틈. 불꽃이 전력을 다해 그 틈을 파고들었다. 혁문의 오른발이 펜스를 스치고, 왼쪽 무릎이 다른 기수와 부딪쳐 상처가 났지만 멈추지 않았다. 결승선을 100미터 앞두고 선두마들의 속도가 느려지는 걸 느끼자, 혁문이 신호를 보냈다.

"지금이야!"

불꽃이 마지막 힘을 끌어모았다. 주변 모든 풍경이 느리게 흘러가는 듯했다. 혁문이 등자에 힘을 주고 상체를 일으켜 불꽃의 움직임을 조율했다. 선두마와 거의 동시에 미끄러지듯 통과한 결승선. 우승이었다.

위너스 서클에서 대기하던 칸이 손을 흔들었다.

"축하한다. 네가 나를 늙은이로 만들어 버렸어!"

해방

칸과 다케오, 불꽃과 혁문의 모든 것을 송두리째 바꿔 놓을 일이 생긴 건 그로부터 얼마 후였다. 깊은 잠에 빠져 있는 칸을 일본군 병사가 다급하게 흔들어 깨웠다. 대령이 급히 부른다는 전갈이었다. 서둘러 옷을 차려입고 대령을 찾아간 칸이 돌아온 건 동트기 직전이었다. 칸은 옷도 벗지 않은 채 침낭 옆 담요에 털썩 주저앉더니 말없이 담배를 꺼내 들었다.

칸이 비장한 목소리로 소식을 전했다.

"일본이 하와이에 있는 진주만을 공습했다. 미국과 전쟁을 시작한 거지. 이미 큰 전투가 몇 차례 있었고, 일본이 이기고 있다고 해."

1941년 12월 7일 아침, 일본 해군이 353대의 전투기, 폭격기, 어뢰기를 항공모함에 싣고 하와이에 있는 진주만을 향해 두 번의 기습 공격을 감행했다. 이 공격으로 미국은 전함 4척, 항공기 188대가 침몰 혹은 파괴되고, 3,500여 명의 사상자가 발생했다. 태평양에서 미 해군의 힘을 빼기 위해 벌인 이 기습 공격은 미국이 제2차 세계대전에 참전하는 직접적 계기이자 태평양전쟁의 본격적인 시작을 알리는 전환점이 됐다. 바야흐로 전 세계가 전쟁의 소용돌이로 빨려 들어가는 비극의 서막이 오른 것이다.

혁문이 물었다.

"대령님은 어떻게 되나요?"

"내일 일본으로 떠난다. 나도 함께 갈 거고."

혁문은 가슴이 내려앉는 기분이었다. 같이 가게 해 달라고 간청했지만, 칸은 고개를 저었다.

"안 돼. 전쟁이 얼마나 무서운 건지 너는 몰라. 앞으로 모든 기병 말을 일본으로 보내 전투에 쓰게 될 거다. 우선 불꽃을 경마장으로 데려가서 준비가 끝날 때까지 돌보도록 해. 내가 떠나면 경마장은 네가 책임자다."

다음 날, 김포비행장*에서 칸을 배웅한 혁문은 한참을 하늘만 바라봤다. 비행기가 시야에서 사라졌지만 자리를 뜰 수 없었다. 막막하고 먹먹했다. 신설동 경마장으로 돌아와 불꽃을 끌어안았다. 마음이 더 무거웠다.

몇 주가 흐르는 동안 경마는 모두 중단됐다. 경마장 마사에는 대령의 말 몇 마리를 제외하고 모두 군마로 징발됐다. 이번에는 불꽃도 예외가 아니었다. 전쟁은 모든 것을 바꿔 놓았다. 도로에는 휘발유를 사용하는 차가 사라졌고, 트럭들이 숯을 연료로 움직이기 시작했다. 사람들은 더 오랫동안 일해야 했다. 일본으로 보내야 하는 쌀이 늘어나면서 조선인들에게 배급되는 쌀은 크게 줄어들었다.

칸이 안부 편지를 보내왔다. 자신은 잘 지내고 있으며, 이제는 전투기를 혼자 운전할 정도가 됐다고 했다. 다케오의 근황도 적혀 있었다. 건강은 좋지 않지만 여전히 살아 있다는 반가운 소식이었다.

불꽃의 신상에 변화가 생긴 건 그 직후였다. 경마장을 찾은 일본군 병사가 인천항까지 말들을 몰고 쌀을 운반하라고 지시했다. '지금 불꽃을 짐말로 쓰라는 건가?' 참담한 명령이었다.

• 지금의 김포국제공항. 여의도에 있는 경성비행장이 홍수 때마다 침수되자, 김포에 새롭게 신경성비행장을 건설했다. 태평양전쟁 당시 두 비행장 모두 군용으로 사용되었다. 한국전쟁으로 비행장이 파괴되면서 유엔군 사령부로 이관되었고, 휴전 후 10여 년간 미 공군의 활주로로 사용되었다.

쌀 운송은 동이 트기 전부터 시작됐다. 경험 없는 조련사들이 쌀을 엉성하게 옮기는 모습에 말들이 불안해했다. 혁문은 무엇보다 경마장을 떠난다는 사실이 너무 슬펐다. 지난 7년 동안 칸과 다케오, 불꽃과 자신이 함께 만든 모든 과정과 영광이 한순간에 사라지는 느낌이 들었다.

인천에 도착했을 때는 어둠이 내려앉은 후였다. 모두에게 작은 오두막집 하나가 주어졌지만, 그곳엔 말들이 쉴 공간이 없었다. 혁문은 불꽃에게 건초를 주고 다리근육을 부드럽게 풀어주었다. 경마장을 출발하기 전 짐마차를 연결하면서 바라본 불꽃의 눈에는 분노와 슬픔이 가득했다. 혁문은 자신이 배급받은 담요를 불꽃에게 덮어 주었다. 더 이상 해 줄 수 있는 게 없었다.

*

태평양을 가운데 놓고 전쟁이 벌어졌지만, 그 여파는 모두를 비극으로 몰아갔다. 전장에 쌀을 보내는 운송 작업은 쉼 없이 이어졌다. 혁문은 불꽃이 마차를 끌어야 하는 상황도 슬펐지만, 그 과정에서 마구가 피부를 파고들어 상처가 나는 일이 더 마음 아팠다. 자신이 입고 있던 옷을 찢어 불꽃의 피부가 파인 부위를 감싸는 게 최선의 배려였지만, 더 큰 문제는 발굽이었다.

흙먼지 날리는 울퉁불퉁한 길을 오가는 동안 불꽃의 발굽은 얇아지고 벗겨지는 중이었다. 새 편자를 박지 않으면 발을 영영 쓸 수 없을 것 같았다. 쌀 운송을 책임지는 히라타 소위는 예민하고 사나운 성격의 소유자라 말 붙이기도 어려웠지만 불꽃의 발을 위해 용기를 냈다.

"소위님, 내일 잠시 경마장에 들러도 될까요? 불꽃의 발이 문제인데, 필요한 물품만 얼른 챙겨 오겠습니다."

미나미가 가장 사랑한 말이라는 걸 알고 있는 히라타가 마지못해 허락했다.

혁문은 오랜 시간 소식이 끊긴 가족의 안부도 챙겨야 했다. 다음 날 날이 밝기도 전에 불꽃을 타고 경마장으로 향했다. 태평양전쟁이 격화되면서 연일 수많은 인파로 북적이던 경마장 터에는 병참경비대가 주둔하게 되었다. 또 외국인 포로수용소와 이들을 감시하기 위한 군속교육대가 설치됐다. 트랙에는 잡초가 무성했고, 마사는 도둑이 들었는지 말굽과 못을 빼곤 필요한 물건이 하나도 남아 있지 않았다.

혁문은 불꽃을 마사에 넣은 뒤 전차를 타고 시내로 향했다. 가족에게 전할 돈을 인출할 계획이었다. 그때까지 혁문은 전쟁 자금으로 쓰기 위해 발행한 채권을 구입해야만 저축한 돈을 찾을 수 있다는 사실을 전혀 모르고 있었다. 언젠가 불꽃을 살 수 있다는 희망으로 차곡차곡 모아 둔 돈이었다. 저축액 153엔 중 전쟁 채권을 산 뒤 손에 쥔 건 53엔뿐이었다. 전쟁 채권은 혁문에겐 종이 쪼가리에 불과했다. 불꽃을 살 길이 막혀 버렸다.

'이게 모두 전쟁 때문이야.'

은행 앞에서 혁문은 한참을 서성거렸다.

다음 날, 혁문은 대장간에서 빌린 장비로 불꽃의 발굽을 다듬고 새 편자를 박았다. 마차를 끄는 일에서 해방됐다고 생각했을까. 원래의 삶, 불꽃 같은 경주마로 돌아간다고 여겼을까. 불꽃의 얼굴이 환해 보였다. 모처럼 둘은 잡초로 덮인 경마장 트랙 위를 자유롭게 달렸다. 어디선가 칸과 다케오의 응원 소리, 관중들의 박수와 환호성이 들리는 듯했다.

며칠 후 누나 정순이 경마장으로 혁문을 찾아왔다. 다케오가 편지를 보냈다고, 우편환으로 500엔도 들어 있었다고 알려 줬다. 불꽃을 돌보는 데 쓰라며 챙겨 보낸 돈이었다. 그러나 감사함과 안도감은 편지 첫 줄을 읽는 순간, 한꺼번에 무너져 내렸다.

칸이 죽었다.

다리가 풀린 혁문이 짚더미 위로 털썩 주저앉았다.

"전쟁이 일본에 불리하게 돌아가나 봐. 일본이 곧 항복할 거라는 얘기도 들려."

전쟁이 끝나는 건 늘 바라던 일이고, 일본의 항복은 조선 땅에서 그들이 물러가는 걸 의미하는 거라 마냥 기쁜 일이지만, 칸과 다케오를 더 이상 만날 수 없다는 슬픔은 가시지 않았다. 혁문은 채 스물도 되지 않은 나이에 마주한 세상이 새삼 너무 크고 무서웠다.

*

1945년 8월, 조선은 해방을 맞았다. 혁문은 기대 반 불안 반의 심정이었다. 앞으로 경마장은 어떻게 될까, 불꽃과 내 운명은 어떻게 될까. 한 치 앞도 예상할 수 없었다. 당시 유행하던 노랫말 중에 "해방된 역마차에 태극기를 날리며"처럼, 서울 거리에서 말을 보는 건 흔한 풍경이었다. 숯을 태워 달리던 목탄 버스를 대신해 역마차가 등장하고, 전차와 함께 거리를 누비며 도시에 활기를 불어넣었다. 공기가 달라진 걸 실감했을까. 사람들이 경마장을 찾기 시작했다.

하지만 경마를 다시 시작하기엔 말과 기수가 턱없이 부족했다. 해방 후 일본인 마주와 군인들은 경주마를 싼값에 팔아 치우거나 무상으로 양도하고 일본으로 떠났다. 훈련된 경주마들은 뿔뿔이 흩어져 버렸고, 경마장 마사는 텅 비어 있었다. 급한 대로 경주마와 기수를 수배하고 첫 경마를 시작한 건 그해 가을이었다.

신설동 경마장으로 다시 사람들이 모여들었다. 일제강점기와 해방 공간에서 이름만 들어도 알 만한 사람들의 발길도 끊이지 않았다. 대표적 인물이 백범 김구 선생이었다. 주말이면 거의 빼놓지 않고 경마장을 찾았는데, 여기에는 사연이 있다. 김구 선생은 광복을 보지 못한 채 중국에서 세상을 떠난 어머니의 유골을 1946년 정릉 뒷산에 안장했고, 이 과정에서 경마장 기마의장대가 유골 후송을 맡았다. 원래 호쾌한 경마를 즐기기도 했지만, 백범은 이 인연에 대한 고마움을 표하기 위해 자주 경마장을 찾았다. 그 외에도 이범석 장군·조소앙·김병로·신익희 등 수많은 독립운동가와 임시정부 주요 인사가 경마장을 찾았다. 그런 날이면 즉석에서 상장과 트로피를 걸고 특별한 경마를 펼치기도 했다.

경주마 부족 문제는 수년간 지속되었다. 혁문은 은퇴한 불꽃의 새끼 말이 갖고 싶었다. 하지만 군마나 잡역마와 교배할 마음은 전혀 없었다. 수소문 끝에 제주 종마가 부산에 있다는 소식을 듣고 단숨에 찾아가 허락을 구했다. 교배는 일사천리로 이루어졌다. 불꽃의 명성 덕분이었다.

불꽃의 출산일이 다가오자 혁문은 아예 마사에서 숙식을 하기로 했다. 누나 정순이 오히려 말에게 해가 된다며 말렸지만, 그를 설득할 순 없었다. 한강 동쪽에서 붉은 태양이 떠오를 때쯤, 산고 끝에 불꽃이 새끼를 낳았다. 첫 젖을 빠는 새끼의 모습에 감격한 혁문이 불꽃의 목과 얼굴을 부드럽게 쓰다듬었다.

하지만 그에게 허락된 기쁨은 거기까지였다. 며칠 뒤부터 불꽃의 상태가 급격히 나빠졌다. 열이 떨어지지 않았다. 급히 수의사를 불렀지만 할 수 있는 일이 없다고 했다. 허망한 죽음이었다. 혁문은 불꽃의 머리를 가슴에 품고 서서히 눈을 감는 모습을 지켜볼 수밖에 없었다. 일주일 후, 누나 정순이 마사에 들렀을 때까지도 혁문은 죽은 불꽃을 품에 안고 울고 있었다.

조련사와 기수, 경마장 사람들이 그를 위로하기 위해 모여들었다. 혁문에겐 어떤 위로도 마음에 닿지 않았다. 누군가 옆 마사에 있는 불꽃의 새끼를 보살펴야 하지 않느냐고 물었지만, 혁문은 그럴 생각이 없었다. 불꽃이 없는 경마장은 더 이상 그에게 의미가 없었다.

*

경주에 나가 우승을 하고 성취감을 느끼는 생활이 계속됐지만, 혁문은 여전히 생기가 없었다. 불꽃의 새끼가 있는 마사에는 한 번도 들르지 않았다. 여러 마리의 말을 맡아 관리하는 최창이라는 사람이 가끔씩 새끼 말의 상태를 귀띔해 주었지만, 새끼 말이 자라는 모습을 눈으로 확인하는 것조차 싫고 두려웠다.

혁문이 새끼 말을 처음 본 건 불꽃이 죽은 지 1년 반쯤 지나서였다. 이른 아침, 관중석 옆문으로 들어서던 그의 눈에 트랙 중앙에서 뛰노는 어린 말들이 보였다. 혁문은 숨이 턱 막혔다. 다른 말들과 섞여 있었지만 한눈에 알아볼 수 있었다.

그 순간, 트랙 가장자리 난간 아래에서 들개 세 마리가 튀어나왔다. 어린 말들을 사냥감 삼아 달려가던 들개 중 한 놈이 새끼 말의 뒷다리를 향해 이빨을 드러냈다. 혁문은 반사적으로 소리를 지르며 울타리를 뛰어넘었다. 고함 소리에 놀란 들개들이 주춤한 틈을 타 새끼 말 한 마리가 전속력으로 달려오더니 혁문의 품에 안겼다. 놀란 몸이 바르르 떨고 있었다. 불꽃의 새끼였다.

그날 이후 혁문은 더 이상 새끼 말을 외면할 수 없었다. 마사에 들러 새끼 말을 돌보며 걷고 달리는 법을 가르쳤다. 다케오에게 배운 그대로, 칸에게 들은 그대로. 새끼 말은 누구보다 적응이 빨랐다. 불꽃보다 영리하고 호기심도 많았다. 지금대로라면 불꽃과 함께 달리고 누리던 영광을 금세 재현할 수 있을 것 같았다.

1950년 6월 25일 일요일, 서울 신설동 경마장에서는 어김없이 일요 경마가 열리고 있었다. 국회의장 신익희의 상전경마(지금의 대상경주)•가 있는 날이라 다른 때보다 입장객이 많았다. 오전 11시 제1경주를 시작해 제4경주가 준비될 무렵, 경마장 상공에 정체불명의 프로펠러 비행기 한 대가 낮게 날더니 '삐라'를 살포하고 사라졌다. 경마장에 있던 사람들은 두 눈을 의심했다. 서울 한복판, 그것도 벌건 대낮에 뿌려진 삐라에는 상상할 수 없는 내용이 가득했기 때문이다.

모두의 시선이 다시 하늘을 향했다. 신설동 경마장 상공에서 유유히 사라지고 있는 비행기는 한눈에 봐도 북한 정찰기였다. 삐라에는 북한과 공산주의를 선전하는 문구들이 적혀 있었다. 경마장 전체가 다소 술렁이긴 했지만 대수롭지 않은 일이라는

• 일정한 계획에 따라 시행하는 경기가 아니라 고위급 인사나 명사가 경마장을 방문했을 때 열리는 경기를 말한다. 하지상(주한 미군 사령관 존 하지), 백범 김구상처럼 경기장을 방문한 인사의 이름을 붙인 경기가 열리기도 했다.

듯 경마가 이어졌고, 제7경주인 신익희 국회의장 상전경마까지 무난히 끝났다.

신설동 경마장에서 북한의 남침 사실을 정확히 알게 된 건 오후 5시 무렵이었다. 경마장 밖 거리에는 군용 지프 스피커에서 휴가 장병들의 즉시 귀대를 재촉하는 안내가 시작됐고, "시민들은 동요하지 말라"는 방송이 요란스럽게 울리고 있었다.

제12경주까지 진행된 경마가 끝날 무렵, 조교사와 기수들은 대한청년단 동대문구단 본부에 집합하라는 지시가 내려졌다. 그보다 먼저 경마를 끝낸 조교사와 기수 몇 사람은 청년단 사무실에 찾아갔다가 곧장 국민방위군으로 징집됐다. 집합에 늦은 조교사와 기수들은 서울에 남거나 피란을 가는 등 각자 자신의 운명을 선택해야 했다.

2장

습격

1950년 6월 25일 일요일 새벽, 전쟁은 말 그대로 도둑처럼 찾아왔다. 38선 너머로 13만 명에 이르는 북한군 병력이 일제히 전면적인 기습을 감행했다. 소련이 지원한 T-34 전차를 앞세운 북한군의 진격 속도는 예상을 뛰어넘었다. 도처에서 전선이 무너졌고, 국군은 별다른 대응도 못한 채 남으로 밀려 내려갔다.

일주일도 지나지 않아 서울이 함락됐다. 정부는 부산으로 피신했고, 국군은 낙동강까지 후퇴하며 방어선을 구축했지만 상황은 절망적이었다. 전쟁이 발발한 지 불과 두 달 만에 한반도 대부분이 북한군의 손아귀에 들어갔다.

1950년 7월 1일, 트루먼 대통령의 참전 명령으로 미군이 부산에 도착하면서 전쟁에 개입하기 시작했다. 유엔군 참전도 이어졌다. 영국, 터키(현 튀르키예), 호주, 캐나다 등의 나라가 군대를 보냈다. 하지만 전쟁 초기에 입은 궤멸적 타격의 결과가 너무 컸다. 유엔군과 국군이 낙동강 방어선에서 마지막 저항을 준비했다. 남은 건 오직 버티는 것이었다.

9월이 되자 상황이 반전되기 시작했다. 한반도의 허리를 향한 기습, 이른바 '인천상륙작전'이라는 더글러스 맥아더 장군의 대담한 계획이 실행됐다. 1950년 9월 15일 새벽, 미 해병대가 인천에 상륙했다. 인천 지역 조수 간만의 차와 협소한 해안선이 위험 요소였지만, 그렇기에 적들의 허를 찌르는 기습이었다.

작전은 대성공이었다. 서울이 다시 국군의 손에 들어왔고, 보급로가 끊긴 북한군은 북쪽으로 퇴각할 수밖에 없었다. 맥아더의 선택은 북진이었다. 전선이 급격히 북상했다. 10월, 유엔군과 국군이 38선을 넘었다. 평양을 함락하고도 북진의 기세가 꺾이지 않으며 11월에는 압록강까지 도달했다. 당장이라도 전쟁이 끝나는 듯했다. 그때 또 하나의 대규모 병력이 한반도로 쏟아져 들어왔다. 중공군이었다. 인민지원군으로 알려진 중공군은 병력이 수십만 명에 달했다. 그들은 산악 지형에 익숙했고, 게릴라전의 전문가였다.

이 시기, 그러니까 1950년 11월 26일부터 12월 13일까지 미 해병대 제1사단과 중공군 사이에 전설적 전투가 펼쳐진다. 미 해병대 제1사단이 함경남도 개마고원 장진호에서 북한 임시 수도인 강계를 점령하려다, 압록강을 건너 장진호 근처 산속에 매복한 중공군 정예 병력 12만 명에 포위되어 전멸 위기를 맞았다. 산악 지형을 뚫고 만든 좁은 도로와 가파른 경사의 골짜기에 고립된 2만 5천 명의 미 해병대 병력은 영하 37도의 추위와 중공군의 매복 공격에 맞서야 했다. 모르핀을 얼려 버리는 추위에 수많은 병사가 동상에 걸렸고, 무기도 작동하지 않았다. 악전고투 끝에 흥남으로 철수를 감행하는 동안 해병대 제1사단은 4천여 명의 사상자를 냈다. 중공군의 피해는 더 컸다. 무려 2만 5천 명의 전사자와 1만여 명의 부상자가 발생했다.

전설적인 장진호 전투로 중공군의 남하를 지연시키긴 했지만, 인해전술을 앞세운 중공군의 파죽지세는 꺾이지 않았다. 당황한 유엔군은 다시 남쪽으로 밀리기 시작했다. 1951년 1월, 서울이 다시 북한군과 중공군의 손에 넘어갔다. 전세는 금세 변하기 시작했다. 유엔군과 국군이 재반격을 시작해 3월에는 서울을 세 번째로 탈환했다.

이때부터 한국전쟁은 소모전으로 접어들기 시작했다. 38선 부근에서 전선이 고착되고 수많은 고지와 강을 둘러싼 전투가 계속됐다. 말 그대로 '피의 고지전'의 연속이었다. 철의 삼각지대, 펀치볼, 백마고지, 낙동강 전투를 치르는 동안 한반도의 산과 들과 강은 군인들의 피로 물들었다. 고지 하나를 점령하면 다음 날 다시 빼앗기는 전투가 매일 밤낮으로 이어졌다.

*

미세한 조정이 있을 뿐, 전선을 마주한 대치 상황은 거의 붙박이 상태였다. 1951년 7월이 되자, 양측은 휴전 협상 카드를 꺼냈다. 유엔 주재 소련 대사 야코프 말리크의 제안을 받아들여 시작한 협상은 첫 회담 때만 해도 2~3주면 끝날 거라고 예상됐다. 하지만 협상 과정은 롤러코스터 같았고, 속도는 지지부진했다. 군사분계선 설정, 휴전 감시 방법 및 기구 설치, 쌍방 전쟁 당사국인 남북한 정부에 대한 건의, 전쟁 포로 교환 문제 등 쟁점이 차고 넘쳤다. 양보 없는 의견 대립이 계속되는 동안에도 포성은 그치지 않았다. 협상을 시작할 때 모든 협정을 완료한 후에야 전투가 종료된다고 유엔군 측이 못박은 데다, 협정이 완전히 조인되는 시점에 맞춰 군사분계선을 긋기로 했기 때문이다. 유엔군의 반격을 우려한 소련 측을 안심시키기 위해 개성을 절대 공격하지 않겠다는 보장이 있었고, 화력과 기동력에서 열세인 공산군은 평야 지대인 서부전선에서 전투를 벌이는 게 불안했다. 전투의 주무대가 고지가 많은 중동부 전선으로 고착된 건 그 때문이었다.

휴전 협상 장소를 결정하는 과정에서도 힘겨루기는 이어졌다. 정전회담은 중립 지역에서 열리는 것이 상식이었다. 유엔군은 원산 앞바다에 덴마크 병원선을 정박시켜 회담을 하자고 제안했다. 하지만 스탈린에게 조언을 받은 공산군은 자신들의 점령지인 개성을 제시했다. 회담을 서두른 유엔군이 덥석 이 제안을 받아들였지만, 오판이었다. 전쟁이 계속되는 동안 회담이 열리는 개성은 손댈 수 없는 영역이 되는 셈이었다. 무엇보다 공산군의 영역인 개성을 방문하는 건 마치 패자가 승자의 땅에 항복하러 가는 인상을 주었다. 회담 초기 공산군은 온갖 트집과 억지를 앞세워 유엔군의 심기를 건드렸다. 결국 모욕을 견디지 못한 유엔군이 전투 중지 명령을 취소했고, 다시 전투가 시작됐다. 공산군은 짧은 휴전 기간에 전선의 진지들을 정비했음에도 연이어 전투에 패하자 다시 협상 재개를 요청했다. 회담 장소도 유엔군 요구에 따라 양쪽 진영의 접촉선상에서 살짝 남쪽인 널문리 마을로 변경했다. 최종 회담 장소로 결정된 '판문점'은 널문리의 작은 주막 앞에 세운 임시 천막이었다.

1951년 10월 25일, 판문점에서 첫 휴전회담이 열렸다. 유엔군과 공산군 대표단은 판문점으로 오가는 폭 200미터의 중립 통로를 마련했다. 이 통로는 판문점과 함께 최상의 보안과 안전을 유지해야 했고, 통로를 넘는 사격은 엄격히 금지했다. 이 통로는 제2전투 초소인 COP2와도 연결돼 있었다.•

*

COP2는 판문점 동쪽으로 1천 미터, 유엔군 주 방어선(MLR)에서 5천 미터 떨어진 곳에 위치했으며, 이곳에는 300명의 미 해병이 배치되어 있었다. COP2 고지와 주변 전초기지는 서로 긴밀히 연결되어 있었다. 그중 하나라도 함락되면 다른 전초기지 역시 위험해질 수밖에 없었다. 특히 COP2 고지 왼쪽에 고정 배치된 대대는 '벙커'라고 불리는 중요한 전초기지를 유지하고 있었다. 벙커 고지 왼쪽으로 450미터 떨어진 곳에는 방어에 유리한 지형인 '헤디' 고지, 거기서 서쪽으로는 배우 잉그리드 버그먼의 이름을 딴 것으로 알려진 '잉그리드' 고지가 있

• 임진왜란 때 의주로 피란 가던 선조가 임진강에 이르렀을 때 강을 건널 배가 없자, 백성들이 집의 대문을 뜯어 와 강을 건널 다리를 놓았다고 해서 '널문리'라는 이름이 붙었다. 휴전회담 당시, 한자를 쓰는 중공군을 위해 널문리의 '널'을 널판지를 뜻하는 한자 '판(板)'으로 바꾸고 작은 점포를 뜻하는 한자 '점(店)'을 더해 '판문점'으로 표기했다.

었다.[•]

그만큼 COP2는 군사적으로 매우 중요한 요새로, 중공군에겐 눈엣가시 같은 존재였다. 중공군은 자신들이 판문점 주변을 완전히 통제하고 있다고 선전했지만, 실상은 그렇지 않았다. 유엔군은 여러 전초기지를 통해 공산군의 움직임을 철저히 감시하고 있었으며, 특히 COP2는 60밀리미터 및 81밀리미터 박격포, 탱크 3대, 쿼드 50밀리미터 박격포 등 강력한 무기로 무장되어 있었다. 중공군의 목표는 이 전투 초소를 제거하는 것이었다.

중공군 지휘관들은 이 지역을 공략하기 위해 여러 전략을 모색했다. 하지만 작전을 실행에 옮길 경우 5천 명의 사상자가 발생할 거라는 예측 앞에서 골머리를 앓고 있었다. 예를 들어 헤디 고지를 점령하면 주요 전선의 진출로를 얻을 수 있지만, 이곳은 중공군이 작전을 펼치기에는 접근이 몹시 어려운 지형이었다. 중공군이 헤디 고지를 점령하려면 갈림길 지역을 통해 접근해야 하는데, 그러면 잉그리드 고지에서 측면 공격을 받을 위험이 컸다.

헤디 고지 왼쪽에는 오하이오 출신의 젊은 해병이 자신의 여

• 한국전쟁 당시 주요 전투와 기지 대부분은 미군과 유엔군 기록에 의해 명명됐다.

자친구 이름을 붙인 '케이트' 전초기지가 있었다. 이 전초기지는 벙커와 가까웠고, 서쪽으로는 매릴린 고지가 있었다. 당연히 배우 매릴린 먼로의 이름을 땄을 이 고지는 적의 공격에 거의 영향을 받지 않는 위치로, 케이트 전초기지와 COP2 고지를 지원하는 중요한 역할을 하고 있었다. 이 전초기지들은 북쪽의 더 높은 고지에 위치한 중공군 진지와 대치하고 있었다. 지형적 우위를 점한 중공군 때문에 벙커, 헤디, 잉그리드 고지는 늘 걱정이었다.

COP2 고지와 대치한 적의 고지는 82, 84, 138 고지로 불렸다. 해병들은 이들 고지에 '치통', '어금니'라는 별명을 붙였다. '치통' 고지는 COP2 고지와 안전 구역 사이에 위치해 격전이 끊이지 않았다. '치통'은 적의 공격 속에서 해병들이 느낀 피로감과 고통이 극심한 치통과 비슷하다고 붙인 이름이었다. 어금니 고지도 상황은 비슷했다. 점령이 어려운 지형인 데다 적의 방어도 강력해 마치 어금니를 뽑는 것처럼 힘들고 어렵다고 지은 이름이었다.

*

미 해병대는 벙커에서 COP2 고지에 이르는 긴 전선을 유지하기 위해 최선을 다했다. 하지만 정기적인 순찰과 지원만으로는 부족했다. 더 강력한 조치가 없다면 중공군은 언젠가 소름 끼치는 공세로 COP2와 주요 전초기지를 공격할 것이 분명했다.

휴전 협상의 안전을 위해 그어 놓은 판문점 총격 금지 구역은 아이러니하게도 중공군에겐 일종의 방패로 작용했다. 중공군은 '방패'를 활용해 COP2 고지 주변에 참호를 파고 진격을 차단했다. 아군 입장에서는 의미 없고 지루하게 이어지는 전투에 보충대를 보내는 방법 외에는 마땅한 대책이 없었다. 전초기지의 특성상 고립은 식량, 물, 탄약 부족을 의미한다. 보급이 끊기면 모두가 쓰러질 운명이었다.

특히 물은 고립 상황에서 생존을 좌우하는 요소라 절대적으로 중요했다. 중공군은 참호를 통해 고지를 포위하고 물 공급을 차단하는 전략을 구사했다. 그들은 마치 땅속을 기어다니는 두더지처럼 가문동에서 남쪽으로 이어지는 참호선을 파기 시작했다. 작업 속도도 놀라웠다. 해병들은 마치 뱀처럼 꿈틀대는 참호선 작업을 지켜볼 수밖에 없었다. 공격을 지연하거나 훼방 놓을 방법을 찾지 못하는 상황에서 참호선은 점점 가까워졌다.

적은 참호를 파는 것 외에도 산발적인 박격포 공격으로 미군을 끊임없이 긴장시켰다. 하지만 이렇다 할 대응 방법이 없었다. 자칫 대응 과정에서 실수로 포탄이 판문점 안전 구역 안에 떨어질 수 있기 때문이었다. 그곳은 휴전 협상 테이블이 놓인 지역이었고, 주변 마을은 모두가 알고 있듯 적의 보급기지였다. 알면서도 손을 쓸 수 없는, 속수무책의 나날이었다.

중공군의 참호선 구축 작업을 지켜보는 일은 미 해병들에게 고역이었다. 낮에는 판문점 안전 구역에서 땅을 파는 동양인 인부들을 관찰했다. 전투와 무관한 민간인 노무대였을 그들은 참호선과 안전 구역 사이를 자유롭게 오갔고, 해병들은 그 모습을 속절없이 바라볼 수밖에 없었다. 하루하루 참호선이 길어지는 동안 피로감이 쌓여 갔다.

날이 저물면 분위기가 조금 달라졌다. '드래건 레이디'라 불리는 중국 선전전 진행자의 목소리가 스피커를 타고 해병들의 귀를 간질였다. 그녀는 미국의 최신 음악을 틀거나 선정적 목소리로 해병들을 유혹했다. 목소리는 섹시하고 부드러웠으며, 칠흑 같은 밤의 지루함을 덜어 주었다. 전쟁 중이라는 상황을 빼면, 해병들이 방청석을 차지한 '미드나이트 코미디 쇼'라고 착각하게 할 정도였다.

"저 목소리, 진짜 들을 만하지 않냐?"

무반동총을 만지작거리던 한 해병이 웃으며 말했다.

"우리가 여기서 이러고 있는 게 꿈 같아. 저 여자 목소리를 듣고 있으면 편하게 잠들 수 있어."

또 다른 해병이 지친 얼굴로 대꾸했다.

해병들이 스피커에 귀를 기울이며 쉬는 동안에도 중공군의 참호선 작업은 쉬는 법이 없었다. 급기야 안전 구역 가까운 곳까지 참호선이 이어지고 있었다. 방어 조치가 필요했다.

페더슨

판문점 주변의 군사적 상황을 살얼음판 걷듯 복잡하게 만든 건 이 지역에 형성된 일련의 제한 구역이었다. 유엔군 사령부는 공산군과 합의해 항공기 통행 금지선, 방송 금지선, 낙하물 금지선 등 여러 규제선을 그었다. 모든 규제는 유엔군이 판문점 근처에서 벌어지는 어떠한 전투 행위도 용납하지 않겠다는 약속을 의미했다. 이 규제를 이유로 판문점 주변에서는 매우 제한적인 상황에서 전투가 진행될 수밖에 없었다. 이처럼 어려운 여건 속에서 미 해병대 제5연대 제1대대는 알렉산더 W. 젠틀맨 대령의 지휘하에 벙커, COP2 고지를 지키고 있었다.

사수인 윌리엄 콕스 병장이 말했다.

"직사화기를 쓸 수 없다면 도대체 어떻게 해야 합니까?"

"박격포는 정밀 타격이 안 되니 쓸 수가 없다. 자칫 안전 구역에서 오발 사고라도 나면 김일성이 휴전회담 테이블을 박살 낼 거고."

에릭 페더슨 중위가 침착하게 답했다.

"해병대 사령관께서 무반동총을 쓸 만한 적당한 장소를 찾으라고 하시더군."

무반동총은 제2차 세계대전 중 개발된 특수 무기였다. 원자 폭탄처럼 끔찍한 파괴력을 지닌 건 아니지만, 사정거리 안에서는 충분히 치명적이었다. 발사 후에는 탄약 추진체가 뒤로 빠지면서 엄청난 배출가스가 발생해 후방 20~30미터까지는 장애물이나 사람이 있으면 안 되는 무기였다. 하지만 지금 상황에선 그런 고민조차 사치에 불과했다.

"어차피 발각되는 거, 한번 멋지게 쏴 보죠."

콕스가 미소를 지으며 말했다.

"적들이 놀라서 도망가게 말입니다."

"하지만 신중해야 해. 안전 구역 이슈가 생기면 우리만 골치 아파지니까."

페더슨 중위가 다시 한번 주의를 주었다.

해병들은 작전 계획을 짤 때마다 최대한 현실적 한계를 염두에 둘 수밖에 없었다. 다시 말하지만, 무반동총은 특수한 무기였다. 바퀴 없는 대포 같은 대전차무기로 군인 서너 명이 운반할 수 있고, 75밀리미터 포탄을 수천 미터까지 날리면서 정확히 타격할 수 있었다. 해병들은 이런 무반동총을 '레클리스 건'이라고 불렀다. '무모한 총'이라는 뜻이었다. 이유는 간단했다. 발사 시 끔찍한 역풍이 사격 위치를 노출시켜 적들이 즉각 대응할 수 있기 때문이었다.

무반동총 소대는 해병대 대전차중대에 속해 있었다. 연대 지휘관의 통제를 받으며, 집시 부대처럼 필요한 곳이면 어디든 달려가 임무를 수행해야 했다. 하루 아니 몇 시간 단위로도 보병대대의 배치를 따라 움직이며 전선의 가장 급박한 곳으로 이동했다.

*

1952년 어느 날, 그날도 중공군은 늘 그렇듯 두더지처럼 고지로 접근 중이었다.

페더슨 중위가 젠틀맨 대령에게 보고했다.

"중공군 보급품을 실은 수레가 외곽으로 나가는 모습이 포착됐답니다. 적들의 이동 경로를 파악해야 할 것 같습니다."

젠틀맨 대령도 조치가 필요하다고 판단했다.

"무반동총 소대를 가문동 쪽으로 보내야겠군."

페더슨 중위가 지도 위 나침반을 확인하더니 무반동총 위치를 짚었다.

"이 위치에서 사격하면 안전 구역을 침범하지 않으면서 적들을 공격할 수 있습니다."

COP2 고지를 둘러싼 전쟁은 마치 게임 같았다. 전투 중 부상당한 해병에겐 지옥이었겠지만, 그 밖의 병사에겐 현실감 넘치는 지옥 체험 테마파크였다.

무반동총을 설치한 후 콕스 병장이 가문동 방향을 한참 살폈다.

"저기 첫 번째 진지 보이십니까? 500미터 정도 되는 것 같습니다."

목표물을 확인한 페더슨 중위가 사격 명령을 내렸다.

콕스 병장이 사격 목표를 정확히 조준하기 위해 고도와 방위각을 조절했다. 발사 후 포탄이 목표물을 타격할 때까지 무반동총에서 손을 떼면 안 된다는 매뉴얼이 머릿속을 스쳤다.

거리와 발사각에 문제가 생긴 걸까. 첫 번째 사격은 효과가 없었다. 흙먼지를 뒤집어쓴 콕스 병장이 두 번째 사격을 준비했다.

"이거, 생각보다 훨씬 강렬하네요. 중공군 놈들이 꽤 놀랄 만한데요?"

총신이 과열됐는지 살핀 후 두 번째 포탄은 조준경을 좀 더 꼼꼼히 체크하고 발사했다. 목표물 주위로 노랗고 뿌연 연기가 피어올랐다.

"좋아, 계속해!"

페더슨이 외쳤다.

세 번째 포탄은 건물 지붕을 날려 버렸다. 건물 안에서 적들이 쏟아져 나왔다.

흥분한 콕스 병장이 사격을 이어갔다.

"한 번에 하나씩. 오른쪽부터 맞춰 보겠습니다."

요령이 생기자, 발사각을 조정하고 조준한 뒤 탄약을 장전하는 콕스의 움직임이 점점 빨라졌다. 문제는 탄약 공급이었다. 무반동총 탄약은 COP2 고지 탄약보급소에 있었다. 무반동총을 활용하는 데 가장 결정적 문제가 이 부분이었다. 무반동총 탄약병들은 75밀리미터 탄약 4발(각각 10.89킬로그램)을 어깨에 메고, 왕복 900미터를 걸어야 했다. 지프에 실을 수 있다면 좋겠지만, 그럴 경우 규정을 어기게 된다. 탄약병들은 전선으로 진입하는 초소를 통과한 다음 좁고 울퉁불퉁한 길을 지나 철조망 밑을 기어가야 했다.

"이거 언제 끝나려나…."

기약 없는 탄약 보급에 애가 탄 콕스 병장이 중얼거렸다.

"연속 발사가 안 되면 저놈들이 참호에서 기어 나오지 않을 텐데."

중공군은 미묘한 전쟁 규칙들을 잘 지키고 있었다. 상부에서 어떤 지시와 명령이 하달됐는지, 결코 위험을 무릅쓰고 위반하는 법이 없었다. 반면 해병들은 해법을 찾지 못한 채 여전히 도보만 가능한 탄약 보급 루트에서 진땀을 흘리고 있었다.

새로운 무반동총 위치를 찾던 콕스 병장이 외쳤다.

"저 앞에 철조망이 하나 더 있다. 거기서 밀고 올라가면 돼!"

콕스와 보조 사수인 탄약병은 400미터 길이의 제방을 지나 면도날 고지로 가는 가파른 언덕길을 무반동총을 질질 끌며 올라갔다. 어렵게 사격 위치에 도착한 콕스 병장이 1분에 3발씩 사격을 퍼부었다. 탄약병들은 포탄이 떨어질 때마다 징글징글한 보급 루트를 왕복했다.

콕스 병장은 포탄을 갈아 끼울 때마다 마음속으로 기도했다.

'하느님, 이 망할 놈의 전쟁이 빨리 끝나게 해….'

콕스를 지원하는 보조 사수 콜먼 일병은 키 190센티미터, 몸무게 100킬로그램에 육박하는 거구였다. 그가 탄약 50킬로그램을 어깨에 짊어지는 건 매일 아침 양치하듯 가벼운 하루 일과 수준이었다. 반면 동료인 호세 일병은 사정이 달랐다. 탄약 무게가 자신의 몸무게와 비슷한 탓에 매번 다리가 후들거렸다.

"좀 덜 무거운 건 없나?"

호세가 힘겹게 숨을 몰아쉬며 툴툴댔다.

콜먼이 웃으며 말했다.

"야, 호세! 네가 너무 가벼운 건 아니고? 탄약 무게는 다 똑같잖아."

농담할 때가 아니라는 듯, 콕스 병장이 무반동총을 발사했다. 목표물이 온통 연기와 먼지로 뒤덮였고, 주변에 숨어 있던 적들이 혼비백산해 도망쳤다. 콕스가 웃음을 터뜨리며 외쳤다.

"저놈들, 이제 우리 실력을 알겠지?"

*

무반동총 사수에게 주어진 유일한 혜택은 무기 특성상 낮에만 쏠 수 있게 제한됐다는 점이었다. 해가 떨어지면 적어도 몇 시간은 편히 쉴 수 있었다. 만약 밤낮없이 이 무거운 총을 옮기고 설치하고 발사하면 무슨 일이 벌어질지 아무도 모를 일이었다.

어금니 고지에서 적의 진지를 박살 내고 돌아온 날, 페더슨 중위가 멀 하사, 레이섬 병장, 베리 병장을 작전 텐트로 소집했다.

페더슨 중위가 말했다.

“더 이상 무기와 탄약을 짊어지고 다니는 건 무리인 것 같다. 임무를 대신할 말이나 노새가 필요하다.”

멀이 고개를 끄덕였다.

“당연히 말이 좋죠. 8발에서 10발은 거뜬히 나를 수 있지 않을까요?”

레이섬이 중얼거렸다.

“그렇지. 말만 있다면 우리가 훨씬 덜 죽어나겠네.”

중동부 전선 대부분은 산악 지형이라 바위 구조물이 많고 경사가 심했다. 차량 접근은 엄두도 내지 못했다. 미 해병대에겐 결코 쉽지 않은 전투 환경이었다. 해결책이 없었던 건 아니다. ‘미 8군 지원단’, ‘한국군 노무단’이 공식 명칭인 ‘지게부대’가 이미 활약하고 있었다.

1950년 7월에 창설된 이 부대는 지게와 수레 등을 이용해 군수품, 탄약, 식량, 의약품 등을 전선으로 옮겼다. 특히 차량이 들어갈 수 없는 험난한 산악 지형에서 활약이 컸다. 물자만 운반한 것도 아니었다. 전투 병력의 진지 구축, 참호 작업, 방어선 구축도 지원했다. 험한 지형에서 벌어지는 전투 중 발생한 부상자를 후송하는 역할도 맡았다. 그 과정에서 적의 공격에 쉽게 노출되면서도 위험을 무릅쓰는 헌신적 모습을 보였다. 문제는 지게부대가 비전투 인력이라는 사실이었다. 실제 전투에 돌입하면 탄약을 나르는 건 온전히 탄약병의 임무였다.

페더슨이 계획을 설명했다.

"내가 연대장 허락을 받아 보지. 말보다는 소대원과 탄약이 우선이니까."

그러곤 곧장 캘리포니아에 있는 아내에게 편지를 썼다.

짐을 실을 수 있는 말안장이 필요해. 꼭 새것이 아니어도 좋아. 안장을 찾게 되면 어떻게든 한국으로 보낼 방법을 찾아보고.

날이 밝자, 페더슨은 젠틀맨 대령의 벙커로 차를 몰았다. 대령이 커피를 건네며 물었다.

"가문동은 상황이 어떤가?"

"어제 포격이 굉장했습니다, 대령님."

대령이 고개를 끄덕이며 말했다.

"다행이군. 오늘 찾아온 용건이 뭔가? 뭐가 필요하지?"

"탄약 운반이 문제입니다. 소대원들이 전투가 벌어질 때마다 짐꾼처럼 포탄을 나르고 있습니다. 말을 사면 어떨까 합니다,

대령님.”

살짝 놀란 눈치였지만, 전방 부대의 고충을 잘 알고 있던 터라 대령이 흔쾌히 답했다.

“좋아. 제스 페릴 부관에게 귀관의 계획에 찬성한다고 말해 두겠네. 우선 트레일러를 빌려주지. 참, 말은 어디서 구할 생각인가?”

“서울에 있는 경마장에 가 볼 생각입니다.”

하지만 페더슨의 직속 상관인 헨리 체클루 대위는 이 계획에 미지근한 태도를 보였다. 대위가 한숨을 쉬며 말했다.

“말이라면… 탄약을 나르는 것보다 부대 마스코트가 더 적합할 것 같은데….”

하지만 이미 대령이 명령한 후였다. 체클루 대위까지 동의했다는 결과를 전해 들은 무반동총 소대는 흥분을 감추지 못했다.

“마부는 무조건 내가!”

소대원들은 서로 자신이 말을 돌보겠다고 손을 들었다.

다음 날 아침, 어제 결정이 계속 찜찜했던 체클루 대위가 제5연대 유스터스 대령에게 현재 상황을 조심스럽게 보고했다.

“대령님…, 우리 소대 해병들이 부대 마스코트를 허락받고 싶어 합니다.”

대령이 놀란 표정으로 물었다.

"마스코트?"

"예, 대령님."

"마스코트, 좋지. 근데 어떤?"

"아, 그게… 말입니다."

대령은 이 상황이 혼란스럽다는 표정이었다.

"개가 아니고?"

부관인 제스 페릴 중령이 끼어들었다.

"어젯밤 젠틀맨 대령께 연락이 왔습니다. 이 아이디어에 찬성한다고, 탄약 운반을 위한 말이라고 합니다."

유스티스 대령이 콧등을 긁적였다.

"좋아. 일단 마스코트로라도 데려오지. 다음에 부대에 들를 때 꼭 그 말을 직접 보고 싶군."

판 자는 말이 없고

페더슨 중위는 이른 아침부터 서울로 향할 준비를 하고 있었다. 젠틀맨 대령이 내준 트레일러를 지프에 연결한 필립 카터 일병이 대기 중이었다. 동행하기로 한 윌러드 베리 병장이 뒷좌석, 페더슨 중위가 운전석 옆에 올라탔다. 전투 중 다리와 허리에 부상을 입은 후유증으로 몸이 불편한 중위가 시트를 뒤로 눕혔다.

장단을 지나 임진강을 건너 문산까지 내려가는 길은 비교적 순조로웠다. 판문점을 오가는 휴전 협상 대표단을 위해 도로를 보수 중이라 덜컹거리는 구간이 별로 없었다. 하지만 대표단 사무소를 지나 남쪽으로 내려가자 군용 차량과 탱크에 눌리고 망가진 도로가 진창으로 변해 있었다. 작은 길들은 우마차나 겨우 지날 정도로 좁았는데, 군용 차량들은 그러한 사정을 보지 않았다.

망가진 과수원과 메마른 논들, 수십 킬로미터를 달리는 동안 차창 밖으로 펼쳐지는 풍경은 데칼코마니처럼 반복됐다. 도시에 가까울수록 전쟁의 잔해가 사방에 널려 있었다. 불에 탄 마을과 부서진 집들, 불탄 트럭과 탱크, 그 사이로 버려진 탄약 상자들과 C-레이션 통•, 포탄 껍데기 등이 뒤엉켜 있었다.

북문을 통해 시내로 들어갔을 때, 폐허가 된 서울이 눈앞에 펼쳐졌다. 거리마다 붉은 기와가 나뒹굴고 있었고, 건물들은 뼈대만 앙상하게 남아 있었다. 전차 몇 대가 시내 주요 거리를 간신히 지나가는 동안 좁은 골목길 곳곳에는 굶주린 개들과 노숙자가 무질서하게 흩어져 있었다.

길가에 좌판을 차려 놓고 물건을 파는 사람들을 지나치다 눈이 마주쳤다. 물건을 하나라도 사 주었으면 하는 간절한 눈빛 속에 배고픔과 절망적인 두려움이 섞여 있었다. 흰옷에 하얀 수염을 기르고 갓을 쓴 노인이 코가 덕지덕지 묻은 손자의

• 제2차 세계대전과 한국전쟁 당시 미군의 전투식량이다. C는 요리할 필요 없이 바로 꺼내 먹을 수 있는 식품 유형을, 레이션(ration)은 배급 식량을 의미한다.

손을 잡고 발걸음을 재촉하고 있었다. 며칠을 굶었는지 얼굴이 쭈글쭈글한 아이들 여럿이 그 주위를 맴돌고 있었다. 몇몇 아이는 신발조차 신지 않고 있었다. 아직 추위가 시작되지 않아 다행이라는 생각이 드는 한편, 그들이 전쟁 고아가 아닐까 하는 안타까움이 가슴 깊이 스며들었다.

서울역 근처에 위치한 미 육군 조달 본부에 도착한 페더슨 중위는 먼저 병참부대 중위와 이야기를 나눴다. 하지만 그곳에 말이나 노새는 없었다.

아쉬운 표정을 읽었는지 병참부대 중위가 귀띔했다.

"지난 4월부터 제5공군 경비행장으로 바뀐 경마장에 한번 가 보시죠. 육군 헬리콥터 착륙장으로 쓰고 있는데, 아직 한국 경주마들이 남아 있을 겁니다."

경마장 위치까지 친절하게 알려 준 것에 감사하다며 경례를 한 뒤, 페더슨은 서둘러 지프로 향했다.

"카터 일병, 신설동으로 간다. 이 길을 따라가다 보면 종로가 나오고, 거기서 우회전해 3킬로미터쯤 가면 경마장 트랙이 보일 거야. 예전에는 하루에도 몇천 명씩 몰려들던 곳이라고 하더군."

고개를 끄덕인 카터 일병이 지시한 방향대로 핸들을 돌렸다. 그들은 경마장에 도착한 후 공군 정비병의 도움을 받아 한국 경주마를 수소문했다. '여기서 못 구하고 귀대하면 소대원들의 실망이 클 텐데.' 슬슬 조바심이 날 때쯤, 한 젊은 상이군인이 인사를 건넸다. 한국인인 그는 공군 정비병에게 이미 용건을 들은 눈치였다. 자신을 말 관리사 최창이라고 소개한 그는 영어를 할 줄 알았다.

"제가 좀 도와 드릴까요?"

그가 묻자 페더슨 중위가 답했다.

"탄약을 실을 말이 필요합니다."

최창이 고개를 끄덕였다.

"한국 돈으로 거래하실 건가요? 아니면 미국 달러로?"

돈 이야기부터 꺼내는 그가 의심스러웠지만 페더슨은 오늘 임무에 집중하기로 마음을 다잡았다.

"달러로 내겠소."

페더슨은 미국 달러를 쓰는 것이 규정 위반이라는 사실을 알지만, 당장 환전할 수도 환전할 곳도 없는 상황이었다.

달러를 현금으로 줄 수 있다는 말에 신뢰가 생겼는지 최창이 페더슨 일행을 마사로 안내했다. 그곳엔 상처투성이에 부스럼이 난 야윈 말들이 있었다. 두 번째 마사의 말도 마찬가지였다. 다섯 번째 마사 앞에 섰을 때, 페더슨이 문 안쪽을 찬찬히 들여다보았다. 작은 체구의 빨간 암말 한 마리가 서 있었다. 흰 페인트를 칠한 듯한 다리, 초롱초롱한 눈빛, 아름다운 갈기를 지닌 말이었다. 페더슨은 미국 애리조나에서 살던 시절 자신이 소유했던 말을 떠올렸다. 이 암말은 훨씬 상태가 좋았다.

'전쟁 중에 어떻게 이토록 관리를 잘했지?'

페더슨이 손을 내밀자 작은 암말이 별 두려움 없이 받아들였다. 순간 캘리포니아에 있는 아내와 아이들이 생각났다.

'가족들도 이 말을 엄청 좋아할 텐데….'

페더슨이 말의 입을 벌리고 이빨을 확인했다.

"몇 살이죠?"

페더슨이 물었다.

"4년 3개월 됐습니다."

"얼마죠?"

페더슨은 얼른 말을 데려 가고 싶었다. 반면 최창은 흥정을 원했다.

"얼마나 줄 수 있는데요?"

"150달러요."

페더슨이 손가락을 세 번 구부렸다.

최창이 강하게 고개를 저었다.

"안 돼요. 너무 적습니다. 이 말은 한국 최고의 말이에요."

페더슨은 서둘러 흥정을 끝내고 싶었다.

"250달러를 지불할게요. 그 돈이 제가 가진 전부입니다."

최창이 잠시 머뭇거리더니 뒤를 보며 크게 외쳤다. 거기엔 또 다른 한국인이 서 있었다.

*

혁문은 가족들을 챙겨 피란길에 올랐다. 어머니와 누나 남순과 정순, 조카들을 마차에 태우고 피란 대열에 합류했다. 새끼 말도 함께였다. 동틀 무렵 태어나자마자 불꽃의 첫 젖을 빨던 모습에 이름을 '아침해'로 지었다. 엄마를 빼닮았는지, 아침해는 낯선 상황에도 불평 없이 혁문을 따랐다.

가족들이 나루터에 도착했을 때는 이미 한강 다리가 폭파된 후였다. 안전하게 강을 건너려면 다른 방도가 필요했다. 혁문은 아침해에게 맡겨 보기로 결심했다.

"누나, 이제부터는 강을 헤엄쳐서 건너야 해. 아침해의 꼬리를 잘 잡고 있으면 같이 건너갈 수 있어."

조카들은 아침해의 등에 태우고 겁에 질린 누나들을 챙기면서 조심스럽게 물살을 헤쳐 나갔다. 몇 번이나 물살에 몸이 휘청이긴 했지만, 가족 모두 무사히 강을 건널 수 있었다.

피란길의 후유증은 생각보다 컸다. 부산을 코앞에 두기까지 피란길 내내 시름시름 앓던 어머니는 결국 차가운 낙동강 인덕에 묻혔다. 부산에서는 누나 정순의 상태가 그를 괴롭혔다. 들판에서 일하던 사람들 중 누군가가 지뢰를 밟았고, 몇 사람이 죽고 몇 사람은 다쳤다는 이야기가 돌았다. 소식을 듣고 급히 달려간 병원에서 확인한 누나 정순의 다리는 지뢰 파편으로 처참하게 망가져 있었다. 의사는 정순의 상태가 위중하며 더 이상 손쓸 방법이 없다고 말했다. 결국 다리를 절단하는 수밖에 없었다.

피란길을 함께한 최창이 혁문을 위로하며 말했다.

"누나에게 의족이 필요하겠군. 하지만 군인이 아니면 너무 비싸서 구하기 어렵다던데."

혁문은 누나 정순의 이마를 쓰다듬으며 다짐했다.

"걱정 마. 내가 꼭 의족을 구해 줄게."

전쟁 초기 한반도 끝자락까지 속수무책으로 밀려나던 국군과 유엔군은 인천상륙작전으로 전세를 뒤집고 수도 서울을 탈환했다. 혁문도 부산 피란 생활을 정리하고 가족들을 데리고 서울로 올라왔다. 고작 몇 개월 사이에 어머니를 잃고, 누나 정순은 다리를 잃었다. 가장 노릇을 해야 하는 혁문의 어깨가 더 무거워졌다. 그 헛헛한 마음을 알아주는 건 아침해뿐이었다.

서울로 올라와 최창과 함께 찾아간 신설동 경마장은 폭격으로 폐허가 된 후였다. 인민군은 서울에 들어온 후 신설동 경마장을 점거하고 관람대, 매표소에 탱크와 차량 등 각종 장비를 숨겨 두었다고 한다. 그런 이유로 신설동 경마장은 유엔군의 타깃이 됐고, 폭격과 포화가 집중됐다. 전쟁 전 200여 마리였던 경주마는 인민군이 끌고 간 뒤 장비 수송용으로 활용했다고 최창이 알려 주었다.

비록 폐허가 됐지만 경마장의 공기를 느끼고 싶었던 혁문은 아침해와 함께 자주 경마장에 들렀다. 그러던 어느 날, 미군 장교와 병사가 마사를 찾아왔다. 장교의 이름은 에릭 페더슨, 운전병은 카터라고 했다. 그들은 탄약을 운반할 말을 구하고 있었다. 철모를 벗으며 페더슨 중위가 말했다. 최창이 통역을 자청했다.

"전방에서 군마가 필요한 상황입니다. 이 말은 강하니 충분히 적응할 수 있을 겁니다."

혁문의 머리가 복잡해졌다. 아침해가 경주마가 아닌 군마가 된다는 건 상상도 하기 싫었다.

"안 판다고 전해 줘요."

단호하게 말했지만 누나 남순과 간섭하기 좋아하는 동네 사람들의 목소리가 들리는 듯했다. '전쟁통에 다리를 잃은 누나보다 말이 먼저라는 거냐.' 혁문은 잠시 시간을 달라고 했다. 아침해와 시선이 마주치자 슬픔보다 죄책감이 밀려왔다. 전방에서 벌어지는 전투에서 아침해가 겪게 될 고난이 훤히 보였기 때문이다. 고작 포탄을 나르다 개죽음을 당하는 전쟁 소모품이 될 거라고 생각하니 고통스러웠다.

"말 가격으로 250달러를 주겠대."

최창이 그 정도 금액이면 누나의 의족을 살 수 있다고 부추겼다. 그 제안에 고민의 허리가 잘려 나갔다. 혁문은 처음 불꽃과 만난 경마장 밖 언덕을 바라보았다. 그에게 여덟 살 소년이 꾸던 꿈, 칸과 다케오와 불꽃과 보낸 시간, 그리고 그 빈자리를 채워 준 아침해와 함께했던 추억이 모두 사라지는 날이었다.

*

두 한국인이 심각한 표정으로 대화를 나누었다. 둘은 화를 내기도 하고, 주저앉기도 하고, 결국 슬픈 목소리를 냈다. 한참 후 결론이 났는지 최창이 페더슨을 향해 말했다.

"제 친구가 말을 팔겠답니다. 작별 인사할 시간을 조금 주세요."

하느님, 감사합니다. 페더슨 중위는 혁문의 허락에 각별한 감사를 전했다.

"당신이 수락한 덕분에 우리 소대원들에게 특별한 선물이 생겼습니다. 이 말이 무사할 수 있도록 최선을 다하겠습니다."

페더슨 중위와 일행은 작은 암말이 대나무 지지대를 세운 트레일러에 쉽게 올라타는 모습을 보고 깜짝 놀랐다. 관리 상태도 놀라웠지만, 잘 훈련된 말이라는 신뢰가 생기자 기뻐할 소대원들의 얼굴이 떠올랐다. 카터가 지프에 시동을 걸었다. 차 뒤편으로 고개를 돌리던 베리 병장이 말했다.

"중위님, 저 말 주인…. 울고 있네요. 정말 말을 아꼈던 모양입니다."

페더슨은 최창에게 말 주인과 말의 이름을 물어본 게 다행스러웠다. 말 주인은 김혁문, 말의 이름은 아침해였다. 아침해의 엄마 말도 경주마였는데, 그는 긴 시간을 엄마 말과 함께 지냈고 직접 트랙을 달렸다고 한다. 태평양전쟁과 한국전쟁, 두 번의 전쟁을 겪는 동안 엄마 말과 아침해는 그의 전부였다고 한다. 절대 말을 팔고 싶지 않은 이유도 그래서였다. 그에게 말을 팔아야 하는 이유, 250달러가 필요한 이유도 들었다. 김혁문은 지뢰 사고로 한쪽 다리를 잃은 누나의 의족을 사야 한다고 했다.

서울을 떠나 장단 캠프에 도착했을 때는 날이 저문 후였다. 페더슨 중위 일행이 도착하자 무반동총 소대원들이 신병인 작은 암말을 보려고 텐트 밖으로 뛰쳐나왔다. 페더슨 중위는 부대로 복귀하는 내내 말 사육과 훈련을 누가 맡을지 고민했다. 최종 선택은 먼로 콜먼 일병이었다. 유타주에서 온 그는 목장에서 생활한 경험이 있고, 큰 덩치에 마음씨가 부드러운 해병이었다.

페더슨이 콜먼에게 물었다.

"이 녀석을 돌볼 수 있겠나?"

기대했다는 듯, 콜먼이 환하게 웃었다.

"네. 제가 하겠습니다, 중위님. 저 말이 정말 마음에 듭니다."

"좋아. 네게 맡긴다."

페더슨은 조 레이섬 병장에게도 당부의 말을 전했다.

"아무도 말의 등에 올라타지 못하게 해. 내일 아침엔 말을 위한 벙커부터 만들겠다."

앨라배마 출신인 레이섬 병장이 작은 암말의 목을 부드럽게 쓰다듬으며 말했다.

"저만 믿으십쇼. 펜서콜라 해군 기지에서 부대 순찰용 말 12마리를 사육한 놈 아닙니까."

"좋아. 총괄 관리는 레이섬이 맡는다. 참, 말 이름은 뭐라고 지을까? 한국 이름은 아침해였다."

어둠 속에서 한 해병이 입을 열었다.

"레클리스! 레클리스 어떻습니까?"

무반동총의 애칭인 '레클리스 건'에서 따온 이름. 무반동총 소대다운 기발한 작명이었다. 소대원 모두가 흔쾌히 동의했다.

당장 급한 건 사료였다. 부대 보급 식량도 넉넉지 않은 상황이었다. 급한 김에 레클리스를 식당 텐트로 데리고 갔다. 빵 한 덩어리와 익히지 않은 오트밀이 제공됐다. 레클리스의 첫 번째 해병 식사였다.

얼마 후, 페더슨 중위의 아내 케이 페더슨에게서 편지가 도착했다. 아버지의 오랜 친구로부터 탄약을 실을 수 있는 배낭 안장을 기부받았다는 소식이었다. 문제는 생각보다 큰 안장을 항공우편으로 보내는 일이었다. 항공우편은 무게 1킬로그램, 길이와 둘레가 76센티미터를 넘지 않아야 소포로 보낼 수 있었다. 배낭 안장의 무게는 20킬로그램이었고, 우편 행낭을 꽉 채울 정도로 컸다. 다행히 사연을 들은 친절한 우체국 직원이 규정을 눈감아 주면서 배낭 안장은 제5연대 무반동총 소대 앞으로 무사히 출발할 수 있었다.

3장

해병 레클리스

11월이 되자 수은주가 널뛰기 시작했다. 제비들이 추위를 피해 따뜻한 일본으로 향했고, 시베리아와 중국에서 겨울을 나기 위해 날아든 두루미들이 대형을 이루어 하늘을 가로질렀다. 전선에서 후방으로 교대된 병사들은 들판에서 꿩이나 오리를 사냥했다. 간이 부은 헬기 조종사들은 사슴을 쫓으며 저공비행을 즐기곤 했다. 사냥은 신사적이지 않은 방법이지만, 병사들에게 신선한 고기를 보급하는 데는 유용했다.

추위에 견디기 위한 내복을 지급하고, 텐트와 벙커에는 새로 개발한 난로가 설치됐다. 배가 불룩한 모양으로 개구쟁이 같은 표정을 짓는 난로였다. 모든 종류의 연료를 쓸 수 있고, 불 세기도 조절할 수 있지만 방심했다간 이탈리아인처럼 화를 내며 과열되곤 했다.

임진강 이북으로는 민간인 출입이 전면 금지됐다. 남겨진 오두막은 대부분 진흙 벽에 볏짚 지붕을 얹은 형태였는데, 곰팡이로 뒤덮인 비참한 모습에 사람이 살았다는 걸 상상하기 어려웠다. 반면 대대본부가 자리한 전초기지인 장단 지역은 달랐다. 일제강점기에 서울 부자들이 사냥터로 사용했다는 이곳은 집과 공공건물 대부분이 석재로 만들어져 있었다. 땅이 비옥하고 농사도 잘되는 지역이라 쌀, 고량, 보리는 물론 다양한 과일이 풍부하게 생산되는 땅이었다.

대대본부는 험준한 산 뒤에 숨어 있어 적들의 눈에 띄지 않았다. 마을은 229 고지가 지키고 있었다. 하지만 몇 차례 전투로 사람이 살 만한 집은 남아 있지 않았다. 가장 큰 건물인 은행은 철제 금고가 휑하니 열려 있고, 콘크리트 잔해가 사방에 널려 있었다. 한때 부유했던 마을의 현재를 상기시키는 장면이었다.

레클리스가 도착한 다음 날은 대대 전체가 부산스러웠다. 전방 포격 임무도 있지만, 레클리스가 지낼 벙커를 짓고 사료를 구하기까지 할 일이 널려 있었다. 중공군은 콕스 병장이 가문동을 향해 감행한 예상치 않은 포격에 당황한 듯했지만 별다른 대응은 하지 않았다.

페더슨 중위는 전선이 잠잠한 틈을 타 레클리스에게 필요한 것들을 준비하기 시작했다. 소대원들과 함께 풀밭에 벙커와 울타리를 세웠으며, 레이섬 병장은 사료를 구하기 위해 임진강 너머 남쪽으로 내려갔다. 콜먼 일병은 곧 들이닥칠 시베리아급 추위를 막을 레클리스 전용 방한 코트를 준비했다. 해병대 제복과 똑같은 디자인으로 만들되, 가죽에는 구두약을 발라 반짝반짝 광을 냈다.

레클리스는 차근차근 부대 생활을 익히기 시작했다. 처음 먹어 보는 것들이 맛있는지 사과를 먹은 후엔 사과만 찾고, 당근만 보면 신이 난 듯 스텝을 밟았다. 레클리스의 입맛을 사로잡은 최고의 메뉴는 초콜릿이었다. 이른 오후에는 철조망을 둘러친 우리 속에 레클리스를 풀어 주었다. 흥분한 레클리스가 철조망 안쪽으로 원을 돌며 뛰어다녔다. 신설동 경마장을 질주하던 특급 경주마 불꽃을 떠올리게 하는 모습이었다. 트랙을 도는 듯한 레클리스의 움직임에 해병들이 힘찬 환호성을 질렀다. 누군가 새삼스럽다는 듯 외쳤다.

“맞아, 경주마였다고 했지?”

*

이른 추위 속에서 해병들이 가장 싫어하는 작업은 벙커 지붕에 모래주머니를 쌓는 일이었다. 모든 벙커는 모래주머니 지붕을 지탱하는 철제 빔과 형강재로 만들어졌다. 중공군의 포격을 막기 위한 것이었다. 꼭 필요한 일인 걸 알면서도 지붕 위로 올라가는 이 작업이 해병들에겐 늘 고역이었다.

해병들이 고된 작업을 마치고 휴식을 취하던 때였다. 고요함을 깨는 살기등등한 소리가 벙커 밖을 소란하게 만들었다. 탱크 부대 마스코트인 개 두 마리가 레클리스의 우리 속으로 들어가 대치 중이었다. 개들이 으르렁대며 레클리스를 위협하고, 레클리스도 귀를 쫑긋 세우고 이빨을 드러내고 있었다. 뒷다리를 공격하려는 개의 몸통을 레클리스가 후려쳤다. 해병들이 주변에 널린 공구를 집어 던지며 레클리스를 향해 달려갔다. 놀란 개들이 비명을 지르며 탱크 아래로 몸을 숨겼다. 개들은 쉬지 않고 짖어 댔다.

콜먼 일병이 떨고 있는 레클리스의 가슴을 다독거렸다.

"진정해, 레클리스. 괜찮아."

오로크 하사가 중얼거렸다.

"콜먼, 이런 게 전쟁이야. 레클리스도 하나씩 알게 되겠지."

의무병인 조지 미첼이 진지한 표정으로 말했다.

"저 말, 아마 어릴 때 개한테 크게 당한 트라우마가 있는 것 같아요."

탱크 부대는 개들이 레클리스 주변에 가지 않도록 조심하겠다고 약속했다. 그사이 레이섬 병장이 보리, 수수, 볏짚으로 가득 찬 트레일러를 몰고 부대로 복귀했다. 소대원들이 안정을 찾은 레클리스를 새 마구간으로 데려갔다. 레클리스는 그린 컬러 해병 모포를 깔아 놓은 짚단 매트리스가 퍽 마음에 든 눈치였다.

그날 밤, 정찰 임무를 나갔던 페더슨 중위와 베리 병장은 부대로 복귀하자마자 레클리스의 새 집부터 확인했다. 전체적으로 만족스러웠지만, 레클리스가 전장의 혹독한 겨울을 버틸 수 있을지 의문이 들었다.

레이섬 병장이 손을 들었다.

"중위님, 날이 더 추워지면 레클리스를 제 텐트 난로 옆에서 재우겠습니다."

페더슨은 레이섬의 배려가 무척 고마웠다. 레클리스 역시 이런 변화를 기꺼이 받아들일 것 같았다. 문제는 자연스러워도 너무 자연스러운 레클리스의 오지랖이었다.

어느 날 아침, 텐트 주위를 자유롭게 거닐던 레클리스의 눈에 주방 텐트가 들어왔다. 얼마 전 소대로 전입한 빌리 존스 일병이 스크램블드에그 한 접시를 레클리스에게 건넸다. 레클리스는 그것을 단숨에 먹어 치우고 존스 일병이 손에 들고 있는 커피에도 흥미를 보였다. 주변을 지나던 코도바 병장이 이 장면을 보고 고개를 저으며 경고했다.

"레클리스, 또 그러면 탱크 부대 개들처럼 언덕 너머로 쫓아낼 거야."

하지만 경고는 경고일 뿐, 주방 텐트의 비밀을 맛본 레클리스의 발길을 막을 순 없었다. 레클리스를 자유롭게 풀어 놓자, 주방 텐트 주위를 어슬렁거리고 실내를 기웃거렸다. 소대원들은 소등 후에도 텐트 밖으로 나가지 않는 레클리스를 배려해 침상을 다시 배치하고 함께 잠들었다.

*

페더슨 중위는 소대원들의 일상에 녹아든 레클리스가 본격적으로 임무를 수행하려면 특별한 검사가 필요하다고 생각했다. 검사는 젠틀맨 대령의 명령으로 부대 군의관이 맡았다. 군의관은 다양한 테스트를 실행하더니 레클리스가 해병 임무를 수행하기에 충분히 건강하고, 능력도 있다고 판정했다.

레이섬 병장은 캘리포니아를 출발한 배낭 안장이 도착할 때까지 신병 훈련을 보류했다. 물론 그 시간에도 훈련할 내용은 많았다. 레클리스는 생각보다 훨씬 명민했다. 트레일러에 오르고 내리는 것은 물론이고, 언덕길을 오르내리며 철조망을 통과하는 훈련도 금세 이해했다.

레클리스가 민감하게 반응하는 건 전선에서 들려오는 포격 소리였다. 그럴 때면 레클리스의 콧구멍에서 휘파람 소리가 났다. 레이섬 병장의 생각으론 위험한 냄새를 맡은 본능적 시그널이 아닐까 싶었다.

레이섬과 레클리스가 차곡차곡 유대감을 쌓은 후 본격적으로 훈련이 진행됐다. 레이섬은 레클리스에게 엄폐물이 없는 곳에서 포격을 받으면 어떻게 해야 하는지 가르쳤다.

"엎드려!"

레이섬이 단호하게 지시했다. 레클리스가 땅에 엎드렸다.

"포격이 시작되면 이 동작이 널 살릴 거야."

무릎을 꿇고 조심스럽게 기어서 얕은 벙커로 들어가는 훈련도 했다. 전투가 벌어지면 레클리스에게 매우 유용한 안전 스킬이었다.

훈련을 마치고 레클리스가 즐긴 장난 중 하나는 '아픈 척 연기하기'였다. 의무병 미첼이 연출자였는데, 레클리스의 앞다리를 막대기로 톡톡 건드리면 절룩거리는 연기가 시작됐다. 미첼은 대원들 앞에서 이 연기를 시킨 뒤, 지금 당장 레클리스를 병원선으로 데려가 엑스레이를 찍어야 한다고 너스레를 떨었다. 아무것도 모른 채 완벽하게 속은 대원들이 진지한 표정을 지으면, 레클리스는 신호에 따라 멀쩡한 앞다리를 힘차게 들어 올렸다. 그럴 때면 지루한 전초기지의 분위기가 잠시 환해졌다.

"대단한 신병이군. 지난 14년 동안 이렇게 신병 훈련에 애쓴 적이 없는데."

만면에 흡족한 미소를 띤 레이섬 병장이 말했다.

훈련과 일상 모두를 자연스럽게 받아들인 레클리스의 영리함은 놀라웠다. 레클리스는 늘 스스로 놀거리를 찾았다. 레이섬이 다가오면 귀를 젖히고 이빨을 드러낸 채 뒤로 물러섰다가, 장난스럽게 앞으로 몸을 쑥 내밀었다. 그런 다음엔 앞발로 흙을 파는 동작을 하다가 반대 방향으로 달려갈 준비를 했다. 존 웨인이 등장하는 서부영화 한 장면 같은 장난이 끝나면 시치미를 떼면서 사탕을 달라고 어리광을 부렸다.

그 모습을 지켜본 페더슨 중위는 안심하고 감탄했다.

"이 녀석, 그냥 해병이군."

물론 레클리스를 싫어하는 분위기가 없진 않았다. 처음 레클리스가 무반동총 소대에 나타났을 때, 다른 부대 해병들 역시 재밌다는 반응이었다. 훈련 속도가 빠르고 영리하다는 소문이 빠르게 퍼져 나갔다. 그럼에도 비아냥대는 자들은 꼭 있었다.

"그렇게 멋지다는 저 녀석도 전선에 나가면 중공군 포탄에 벌벌 떨걸."

"말들이 어떤지 알잖아. 포화 속에서는 절대 냉정을 유지하지 못해. 그래서 노새를 쓰는 거야. 말들은 너무 예민해서 전선에서 미쳐 버린다고."

"아직 레클리스 건 근처에도 못 가 봤잖아?"

무반동총의 역풍은 엄청나다. 75밀리미터 포탄이 날아가면 풀들이 날아오르고 자갈도 함께 흩날렸다. 아무리 훈련이 잘된 해병도 각별히 조심해야 했다. 75밀리미터 곡사포나 프랑스제 75밀리미터 반동포는 유압식 시스템으로 반동을 흡수하지만 무반동총에는 그런 것이 없었다. 포탄이 발사되면 앞뒤 모두가 위험했다.

레이섬은 전혀 개의치 않았다. 부정적 반응을 들을 때면 이렇게 쏘아붙였다.

"너희들은 아직 레클리스를 몰라."

페더슨 중위의 믿음도 변함없었다.

"맞아. 이 녀석이라면 신뢰할 수 있어."

내친 김에 레이섬이 무반동총으로 레클리스를 이끌었다. 총신을 살피던 레클리스는 무심하게 코만 킁킁거릴 뿐 특별한 관심을 보이지 않았다.

*

캠프 전체가 열광 중이었다. 별 두 개가 새겨진 빨간 번호판을 단 지프를 타고 미 해병대 제1사단 사단장 에드윈 폴록 소장이 대대를 방문했다. 방문 목적은 하나였다. 신병 레클리스를 만나는 것.

레클리스는 장군의 방문 목적을 미리 통보받은 콜먼 일병 덕분에 한껏 꾸민 상태였다. 정성껏 빗질한 털이 아침 햇살에 반짝였다. 장군이 레클리스를 훑어보더니 만족스러운 미소를 지었다. 정작 레클리스는 자신을 향한 관심에는 무덤덤한 채, 콜먼이 건넬 맛있는 간식을 기대하는 눈치였다.

폴록 장군이 페더슨 중위에게 물었다.

"언제 이 말을 이용해 탄약을 운반할 생각인가?"

"캘리포니아에서 짐을 운반할 수 있는 배낭 안장이 도착하는 대로 시작할 겁니다. 아내에게서 소포가 출발했다는 소식을 들었습니다."

다시 레클리스를 살피던 장군의 시선이 발굽을 향했다.

"편자가 필요하겠군."

페더슨이 고개를 끄덕였다.

"레이섬 병장이 임진강 이남으로 토종 편자를 구하러 갔습니다. 찾지 못하면 보고하겠습니다."

그날 저녁, 장군의 부관인 유진 폭스워스 중위가 전화를 걸어왔다. 사령부 근처에 대장간이 있다는 전언이었다. 다음 날 아침, 레이섬은 레클리스를 트레일러에 태우고 대장간으로 향했다.

대장간에 도착하자, 대장장이가 레클리스에게 한국어로 말을 걸었다. 레클리스가 그의 손길이 싫은지 몸을 떨었다. 대장장이가 레클리스의 발굽을 보려고 했을 때도 반응이 이상했다. 고삐를 너무 꽉 잡은 탓에 시야가 가려진 레클리스가 불안해하며 고개를 돌렸다. 레이섬이 타이르듯 말했다.

"진정해, 레클리스."

대장장이는 대수롭지 않다는 듯 웃는 얼굴로 쇠사슬을 꺼내왔다. 그것은 한눈에 봐도 너무 크고 무거워 보였다. 순간, 레클리스가 대장장이를 향해 뒷발질을 시작했다. 깜짝 놀란 대장장이가 문밖으로 도망쳤고, 레이섬이 레클리스를 달래러 가까이 다가갔다. 대장간은 난장판이 됐다. 레이섬은 레클리스의 한국인 주인이 어떻게 말을 아끼고 보살폈는지 알 것 같았다.

"그래, 이건 아닌 것 같아."

대장장이에게 양해를 구한 레이섬은 일단 부대로 복귀하기로 했다. 장단으로 돌아가는 길, 레이섬의 입에서 긴 한숨이 흘러나왔다.

"일단 서울에 나갈 일이 생길 때까지 견딜 수밖에 없겠군. 레클리스가 지냈던 경마장에 가면 도움을 받을 수 있을 거야."

그날 밤, 레클리스가 대장장이를 물리친 무용담이 해병들에게 전해졌다. 소대원들은 그 정도 용기라면 적의 포격에도 거뜬히 견딜 거라고 레클리스를 응원했다. 그것은 당장 전투에 투입될 레클리스를 향한 소대원들의 간절한 바람이기도 했다.

그 마음을 알아주기라도 하듯, 드디어 캘리포니아에서 안장이 도착했다. 레클리스의 임무와 직결된 훈련을 본격적으로 시작할 차례였다. 우선 안장을 테스트하고 레클리스의 몸에 채운 뒤 적응 훈련을 진행했다. 안장은 포탄 6발을 쉽게 운반할 수 있는 구조로 바꿨다. 그 정도 부피와 무게라면 레클리스가 충분히 감당할 것 같았다. 페더슨 중위는 긴급한 전투 상황이 아니라면 10발을 넘기는 일은 없을 거라고 말했다.

레클리스는 테스트를 위한 훈련을 기꺼이 받아들였다. 마치 친구들과 피크닉에 나선 듯 즐거운 모습이었다. 짐을 실은 채 자세를 낮추는 등 어려운 훈련을 마친 후 캠프로 복귀할 때 즈음, 때맞춰 사단 PX로 보급 트럭이 들어왔다. 레이섬은 고생한 레클리스를 위해 코카콜라 한 병을 구입해 헬멧에 부어 주었다. 레클리스는 거침없었다. 단숨에 콜라를 마시고 더 달라고 킁킁거렸다. 누군가 말이 콜라를 마신다며 신기해하는 소리가 들렸다.

레이섬이 대답했다.

"레클리스는 우리가 준 모든 걸 좋아해."

그러나 의무병 미첼은 단호했다.

"레이섬 병장님! 경고합니다. 하루에 두 병 이상은 절대 안 돼요. 탄산음료가 신장에 좋지 않을 수 있으니까요."

*

레클리스의 첫 실전이었다. 페더슨 중위가 지휘하는 소대에 적의 참호선을 공격하라는 임무가 하달됐다. 장단에서 사격 위치까지는 약 4킬로미터 거리. 가파르고 험난한 길이었다. 특히 무반동총 소대가 이동할 구간에는 중공군의 요크 고지에서 훤히 내려다보이는 좁은 도로들이 있었다. 그것은 적의 포격에 쉽게 노출될 수 있다는 걸 의미했다.

페더슨 중위는 차량을 10분 간격으로 유지해 이동하기로 했다. 첫 번째 차량에는 무기와 분대원이 타고, 그다음 트레일러에 레클리스를 태웠다. 마지막 차량엔 탄약을 실었다. 다행히 목표 지점에 도착할 때까지 중공군은 아무 반응이 없었다.

"바로 오늘이다. 레클리스의 첫 전투!"

분대장 랠프 셔먼 하사가 살짝 들뜬 표정으로 말했다.

콜먼 일병이 레클리스에게 응원의 메시지를 속삭였다.

"레클리스, 오늘 네가 해병인지 쥐새끼인지 보여 줘."

콜먼이 선두에서 로프를 잡고 언덕을 오르자 레클리스가 그 뒤를 따랐다. 배낭 안장에는 포탄 6발이 고정되어 있었다. 무반동총 소대가 사격을 준비하는 동안, 레클리스는 조용히 대기했다. 무반동총은 후폭풍이 엄청난 무기다. 총구에서 뿜어져 나오는 연기와 함께 뒤로 몰아치는 압력이 대기 중의 먼지를 모두 날려 버릴 정도다. 무기 뒤에 서 있는 사람에겐 가혹하리만치 위협적이다.

첫 번째 포탄 발사. 산이 울부짖는 듯한 소리가 주변 공기를 몰아세웠다. 레클리스는 생전 처음 듣는 소리였다. 놀란 레클리스는 콧김을 내뿜으며 고개를 젖혔지만, 뒤로 물러서진 않았다. 콜먼이 레클리스를 쓰다듬으며 진정시켰다.

"좋아, 레클리스. 잘하고 있어."

무반동총이 네 번 더 발사됐다. 포탄이 날아가는 소리가 허공을 찢으며 적진을 향했다. 셔먼이 눈을 부릅뜨고 목표물을 관찰했다.

"명중!"

셔먼이 외쳤다.

"다시 간다!"

포탄은 중공군이 참호를 파고 있는 진지를 정확히 타격했다. 차례로 발사된 포탄이 내뿜는 후폭풍은 대단했다. 6발의 사격이 끝났을 때는 목표물 주위로 먼지와 자갈, 그리고 풀잎만 흩날리고 있었다.

레클리스는 첫 번째 발사 후폭풍에만 움찔했을 뿐, 나머지 발사에는 뒤로 물러서는 일 없이 자리를 지켰다. 더 놀라운 건 두려움이 아니라 호기심이 눈빛에 가득했다는 점이다.

콜먼이 호기롭게 말했다.

"봐, 레클리스. 넌 해병이야."

셔먼은 신속하게 다음 목표물을 설정했다. 무반동총의 사격 패턴은 단순했지만 치밀했다. 첫 번째 발사 후 적이 반격하기 전에 빠르게 위치를 옮기는 것이 생존 전략이었다. 시간이 지체되면 노출된 위치를 향해 적의 포탄이 날아올 수 있기 때문이다.

"움직여!"

셔먼의 지시에 분대원들은 무반동총과 함께 일사불란하게 새로운 위치로 이동했다.

레클리스는 이미 한 팀이었다. 포탄 6발을 짊어지고도 빠른 속도로 언덕을 오르내렸다. 두 번째 위치에 무반동총이 설치되고, 목표물을 조준하자 발사가 시작됐다. 하늘이 먼지와 연기로 가득 찼다. 레클리스는 여전히 같은 자리에 차분히 서서 다음 명령을 기다렸다.

모든 사격이 끝나고, 셔먼이 콜먼에게 말했다.

"레클리스가 해냈군. 더 이상 의심할 필요가 없을 정도로."

콜먼이 미소 지으며 대답했다.

"맞습니다, 분대장님. 레클리스는 진짜 해병입니다."

하루는 기온이 뚝 떨어진 날이었는데도 레클리스의 몸이 땀으로 흠뻑 젖어 있었다. 안장 밑 가죽까지 축축했다. 포탄을 장전하기 위해 잠깐 멈춘 사이에 레이섬이 레클리스의 목덜미를 쓰다듬으며 말했다.

"잘했어, 레클리스."

레클리스는 분주히 움직이면서도 늘 침착했다. 무거운 짐을 짊어지고 이동하는 게 아니라 산책을 하는 것처럼 보일 때도 있었다. 포탄을 나르다가도 잔디 냄새를 맡고 풀을 뜯으려 했다. 사격을 끝내고 무기와 탄약을 안전한 곳으로 옮긴 뒤 잠시 쉬고 있는데, 분대장 구이도가 콜먼에게 물었다.

"레클리스는 어때?"

"처음에는 놀라서 움찔했지만 그 후론 안정적입니다. 그 정도 포격 소리면 다른 말들은 놀라서 2미터는 튀어 오를 테지만 레클리스는 거의 꿈쩍도 안 합니다."

구이도가 고개를 끄덕이며 웃었다.

"적의 포격이 시작되면?"

"긴장 때문에 땀을 흘리긴 하지만…. 그건 저희도 마찬가지잖아요."

레이섬이 대화에 끼어들었다.

"사격하는 동안 레클리스가 10미터쯤 떨어진 곳에서 턱 끈을 씹고 있더라고요. 헬멧 하나가 나뒹굴고 있었는데, 그걸 먹으려고 했고요. 대단하지 않습니까?"

구이도가 못마땅한 표정으로 빈정거렸다.

"뭐야, 노새랑 다를 게 없군."

콜먼이 단호하게 정리했다.

"레클리스는 노새가 아니에요. 엄연히 저희 분대원입니다. 해병!"

전투를 마치고 캠프로 돌아오는 길, 언덕이 가파르고 날씨가 궂은 탓에 레클리스는 편안한 자세로 트레일러에 실려 있었다.

레이섬이 레클리스에게 맥주 한 캔을 건넸다. 코카콜라를 처음 맛봤을 때처럼, 이번에도 레클리스는 캔 하나를 더 달라고 보챘다.

늦은 밤, 11월의 차가운 비바람이 텐트와 벙커를 요란하게 흔들었다. 레클리스의 벙커는 비는 막아 줬지만 불안까지는 달래지 못했다. 벙커를 벗어난 레클리스가 병사들이 묵는 텐트로 향했다. 레이섬, 오로크, 멀이 레클리스를 따뜻하게 맞아 주었다. 레이섬이 레클리스의 젖은 몸을 닦고 담요를 덮어 주었다. 레클리스는 난로 옆을 차지하더니 이내 잠에 빠져들었다.

전장에서

페더슨 중위가 속한 대대에 변화가 생겼다. 존경받는 상관인 젠틀맨 대령이 사단 참모로 이동하고 에드윈 휠러 중령이 새롭게 제1대대를 지휘하게 된 것이다. 전쟁 상황은 특별히 달라진 게 없었다. 임무에 따라 가문동과 그 주변 중공군 진지에 주기적으로 포격을 가하는 일의 연속이었다.

11월 말, 제1대대와 제2대대 전초기지와 마주한 지역을 대상으로 새로운 임무가 하달됐다. 적의 진지를 향한 포격 명령이었다. 이 지역은 특히 적군이 더 민첩하고 맹렬하게 반응하는 곳이라 긴장감이 높았다.

젠틀맨 대령은 위험 요소가 많은 작전이기 때문에 보다 적극

적인 공격이 필요하다고 판단했었다. 그는 이 지역에 대한 포격을 유난히 싫어하는 중공군의 심리를 자극하는 추가적 포격을 주문했었다. 새롭게 합류한 휠러 중령의 판단도 같았다.

페더슨 중위는 구이도와 셔먼의 분대에 포격 임무를 맡겼다. 두 분대는 포격을 위해 400미터 앞 벙커로 이동하는 동안 거친 지형과 통신 케이블 문제로 꽤나 애를 먹었다. 무반동총을 배치한 뒤 페더슨이 목표물을 지정하자 구이도와 셔먼이 사격을 시작했다.

포격을 끝내고 빠르게 이동해 다음 포격을 하는 과정이 반복됐다. 적들의 반응은 평소보다 훨씬 격렬했다. 하필 날씨가 변덕을 부려 비까지 내리는 데다 중공군의 반격이 예상을 뛰어넘자, 휠러 중령은 임무를 중단하고 임시 대피소로 피하거나 부대로 복귀할 것을 지시했다. 전투 중 부상을 당한 페더슨은 대피소로 가지 않고 머물다가 오후 늦게서야 귀대했다.

그날 저녁, 사단본부에서 벙커 포격작전에 대한 지휘관 브리핑이 열렸다. 러셀 대령이 작전 결과를 보고했다.

"적군 벙커에서 아군의 예상을 벗어난 격렬한 반격이 있었습니다. 그 과정에서 무반동총 소대장 페더슨 중위가 부상을 당했습니다."

짧은 보고 후 시드니 켈리 대령이 부상자 명단을 정리하며 덧붙였다.

“페더슨 중위는 이번이 세 번째 부상입니다.”

폴록 장군이 즉각 반응했다.

“그를 전투에서 빼도록 해.”

전투에서 빼라는 건 후방 전출을 의미했다. 브리핑이 끝난 뒤, 켈리 대령은 체클루 대위에게 전화해 페더슨 중위의 전출을 준비하라고 전했다. 전출을 위해 연대본부로 이동하라는 명령을 받은 페더슨은 의아했다. ‘왜 이런 명령이 떨어졌지?’ 밤늦도록 잠이 오지 않았다.

페더슨 중위의 전출로 소대가 잃게 되는 건 지휘관만이 아니었다. 레클리스도 함께였다. 그가 사비를 털어 구입한 말이기에 소유권은 당연히 페더슨 중위에게 있었다. 레이섬 병장과 멀 하사가 긴급회의를 소집했다.

“저희가 뭘 할 수 있는지 찾아야 하지 않을까요?”

멀은 비관적이었다.

“레클리스는 중위님의 말이잖아.”

레이섬은 희망을 버리고 싶지 않았다.

“저희가 중위님을 설득할 순 없을까요? 정 안 되면 돈을 모아서 중위님께 말값을 지불하는 건 어떨까요?”

괜찮은 아이디어였다. 하지만 생각지 못한 문제가 더 있었다.

"우리가 잊고 있는 게 있어. 레클리스도 전선에서 벗어나고 싶어 할 수 있다는 거. 아무도 레클리스의 입장은 생각해 보지 않았잖아?"

레이섬이 고개를 저었다.

"그건 아닐 겁니다. 레클리스는 이곳을 좋아합니다."

페더슨은 자신의 부상이 전출 이유라는 사실을 전해 듣고 폴록 장군에게 면담을 요청하기로 했다. 장군의 부관이자 오랜 친구인 찰스 소령에게 전화를 걸었다.

"찰스, 난 지금의 소대와 전선에 남고 싶어. 혹시 사단장님을 뵐 수 있게 해 주겠나?"

페더슨의 성정을 누구보다 잘 아는 찰스 소령이 흔쾌히 면담 스케줄을 조정했다.

다음 날 아침, 찰스 소령이 페더슨을 폴록 장군의 숙소로 안내했다. 단단히 마음먹은 페더슨이 단호하게 자신의 의지를 꺼냈다.

"사단장님, 저의 전출 명령을 취소해 주십시오."

유심히 그를 바라보던 폴록 장군이 낮게 깔린 목소리로 물었다.

"세 번이나 부상당한 군인은 전투에서 빼는 게 맞다고 생각하네. 내가 중위를 예외로 둬야 할 이유가 있나?"

잠시 망설이던 페더슨이 다시 용기를 냈다.

"없습니다. 다만 저는 제 소대와 함께 있고 싶을 뿐입니다."

굳은 표정의 장군이 묘한 질문을 던졌다.

"혹시 전출 거부에 레클리스도 관련이 있나?"

페더슨이 작심한 듯 고개를 끄덕였다.

"네, 없다곤 말씀드리지 않겠습니다. 제가 레클리스와 함께 떠나면 소대에 큰 손실이 될 겁니다."

장군은 페더슨 중위의 의지에서 소대원들과 레클리스에 대한 애정을 읽을 수 있었다. 게다가 그의 결단력과 충성심은 사단 내에서 의심할 여지가 전혀 없었다.

장군이 고개를 끄덕이더니 결정을 내렸다.

"중위, 자네의 전출 명령을 취소하고 부대 잔류를 허락한다. 소대원들과 레클리스가 자네를 지켜 준 것 같군."

페더슨이 머쓱하게 웃으며 답했다.

"그렇습니다. 레클리스는 저희 소대의 구성원이자 누구보다도 임무를 훌륭하게 수행 중입니다."

"자네 평가대로라면 레클리스를 상병으로 진급시켜도 되겠군. 조만간 레클리스의 진급 소식을 듣게 될 거라고 확신하네."

페더슨은 기쁜 표정을 숨길 수 없었다.

"레클리스는 자격이 충분합니다, 사단장님."

면담을 마친 후 돌아가는 페더슨의 뒷모습을 보며, 장군이 찰스 소령에게 말했다.

"저 친구는 해병대 정신을 정확히 이해하고 있군."

페더슨이 면담을 마치고 카터의 지프에 올라 장단으로 복귀한 건 날이 한참 저문 후였다. 부대에 복귀하자마자 카터가 소식을 전하기 위해 레이섬 병장의 텐트로 달려갔다.

"중위님이 남기로 하셨어요! 사단장님이 전출을 막았어요!"

그 시각, 레클리스는 주방에서 딸기잼을 얹은 빵 한 덩어리를 먹고 있었다. 이제는 유리잔으로 점잖게 콜라를 마시는 법도 익히고 있었다.

페더슨은 그날 밤 캘리포니아에 있는 아내에게 편지를 썼다.

> 내가 마지막으로 편지를 쓴 후 너무 많은 일이 벌어졌어. 그중 하나는 내게 전출 명령이 떨어졌다는 거야. 전투 중 세 번이나 부상을 당했기 때문이지. 그 이유로 나를 후방으로 보낸다는 명령이었어. 하지만 나는 오늘 아침 폴록 사단장님을 만나 명령을 취소해 주길 요청했어. 놀라진 마. 어렵게 허락받아 계속 소대에 남을 수 있게 됐어. 만약 후방으로 전출을 가면 레클리스와도 영영 이별할 뻔했어. 끝나지 않을 것 같은 이 전쟁에서 그것만큼 슬픈 일은 없었을 거야. 늘 그렇듯, 레클리스와 나를

위해 기도해 줘. 사랑해.

*

페더슨 중위가 속한 미 해병대 제1사단은 한국전쟁에서 핵심적 역할과 임무를 수행했다. 가장 상징적인 작전과 전투로 꼽히는 인천상륙작전과 장진호 전투의 주인공이 바로 해병대 제1사단이었다. 인천상륙작전에서는 시가전을 치르면서 가장 빠르게 서울 탈환에 기여했다. 장진호 전투에서는 미 해병대의 용기와 생존력을 보여 줬고, 이후에는 중부 전선 등 다양한 지역에서 공격을 감행해 유엔군의 북진을 돕는 임무를 수행했다. 이 과정에서 전략적 요충지를 탈환하고, 중요한 방어선을 구축하며 적의 공세를 저지하기도 했다.

1953년 3월부터 미 해병대 제1사단장을 맡은 에드윈 폴록은 부대에서 일어나는 일을 가장 빠르게 전달받고 그에 따른 긴급 대책을 연구한 뒤 신속하게 명령을 내리기로 유명했다. 하루는 폴록 장군과 참모들이 차담을 나누던 중 제5연대 75밀리미터 무반동총 소대의 짐말이 화제에 올랐다. 한 참모가 "전투 중 심각한 부상을 입었는데 회복 속도가 아주 빨랐다"고 하자, 또 다른 참모가 "요즘은 탄약을 차질 없이 고지로 운반 중"이라고 전했다. 레클리스 이야기였다.

줄곧 대화를 듣던 폴록 장군이 자신의 메모지에 뭔가를 적기 시작했다.

> 제5연대 소속 레클리스 해병에게 퍼플 하트(Purple Heart) 훈장•을 수여할 것

레클리스는 훈장까지 받아 이름을 알리긴 했지만, 전방 생활이 마냥 즐거운 것은 아니었다. 지루한 전황은 잘 훈련된 해병의 적응력까지 너덜너덜하게 만들 정도였으니까. 게다가 레클리스는 입대 전까지 트랙을 자유롭게 질주하던 경주마였던 터라, 언제든 잠재된 본능이 튀어나올 법했다. 페더슨 중위가 레클리스의 안장에 올라타면 안 된다고 단호하게 명령한 것도 그 때문이었다.

전투에 대비한 레클리스의 훈련은 임시 목장 시절에서 멈춰 있었다. 사격 임무가 없는 시간에는 목초지에서 여유로운 시간

• 미국에서 가장 오래된 군사 훈장으로 전투 중 부상당하거나 전사한 군인에게 수여했다. 미국 독립전쟁을 이끈 조지 워싱턴(미국 초대 대통령)이 제정했고, 1932년 당시 육군 참모총장이던 더글러스 맥아더 장군이 훈장을 재설계해 수여하기 시작했다. 보라색 하트 안에 조지 워싱턴의 인물상이 그려진 이 훈장은 전투에서 보여준 희생과 용기를 기리는 의미를 담고 있다.

을 보냈다. 관리는 아널드 베이커 일병이 맡았다. 베이커는 늘 이 시간이 따분했다. 결론부터 말하면 짜릿한 재미를 추구한다는 명분으로 페더슨 중위의 명령을 어기기로 했다. 잔뜩 폼을 잡은 그는 서부영화 속 장면을 연출했다. 사실상 무모한 장난이었다.

베이커가 레클리스의 등에 올라탄 순간, 레클리스가 통제력을 잃고 달리기 시작했다. 멈추라는 외침은 경주마에겐 기수가 보내는 신호였다. 놀란 베이커가 고삐를 잡아당기며 멈춰 세우려 했지만 레클리스는 아랑곳하지 않고 속도를 높였고, 단숨에 탱크 부대 옆을 지나 경비 초소 방향으로 진입했다. 경계용 철조망을 향해 질주를 멈추지 않는 레클리스의 속도는 가공할 만했다. 베이커는 잔뜩 몸을 웅크린 채 필사적으로 갈기를 붙잡았다. 이대로 달리면 큰일이 벌어질 거라는 두려움에 등골이 오싹했다. 순식간에 둘은 과수원을 지나 에바와 콜린 전초기지 사이 논밭으로 진입했다. 베이커의 예상이 맞아떨어졌다. 둘의 눈앞에 펼쳐진 건 경계가 삼엄한 지뢰밭이었다.

"레클리스가 도망쳤다! 출입문을 지나 운곡 쪽으로 향하고 있다!"

경비 초소 해병이 긴급하게 무전기를 돌렸다.

과수원을 지난 레클리스가 내리막길을 질주했다. 언덕 위에서 이 장면을 지켜본 해병들, 에바와 콜린 기지 정찰병들도 경악을 금치 못했다.

같은 장면을 중공군도 내려다보고 있었다.

"저게 뭐지? 미군이 속임수를 쓰는 건가?"

레이섬 병장과 소대원 몇 명이 서둘러 지프에 올라타고 레클리스를 쫓았다. 1킬로미터를 달리자 딕 커스 대위가 이끄는 폭스 중대 해병들의 시야에 레클리스가 들어왔다.

"총을 쏴서 앞을 막아야 하는 거 아냐?"

한 해병이 다급하게 말했다.

"침착해. 잘못하면 더 큰 사고가 날 수 있어."

레이섬 병장이 차분히 분위기를 진정시켰다.

모두의 간절한 바람이 통한 걸까. 500여 명의 해병과 중공군이 내려다보는 가운데, 레클리스가 달리기를 멈췄다. 정확히 지뢰밭 가장자리였다. 아직 안심하긴 이른 상황. 모두가 숨을 죽였다. 레클리스가 천천히 몸을 돌려 걸어왔다. 땀을 흘리며 코를 킁킁대고 있었지만, 여전히 기세등등한 모습이었다. 지프에서 내린 레이섬이 조심스럽게 레클리스를 향했다.

"진정해, 레클리스. 아주 잘했어!"

레이섬이 땀에 젖은 레클리스의 목을 쓰다듬으며 말했다. 레클리스는 이 상황을 아는지 모르는지, 자랑하듯 콧바람을 불며

귀를 쫑긋 세웠다.

해병대는 명령을 어긴 병사에게 그들만의 방식으로 교훈을 준다. 베이커 역시 그 사실을 잘 알고 있었다. 레클리스의 등에서 이미 하얗게 질려 있던 베이커는 몸 둘 바를 모르고 있었다. 레이섬이 정색을 하고 베이커에게 쏘아붙였다.

"베이커 일병, 이 말이 너보다 훨씬 똑똑하다는 걸 알아 둬."

고개를 푹 숙인 베이커의 얼굴이 빨갛게 달아올랐다.

*

12월이 되자, 제5연대는 전선에서 벗어나 사단 예비대로 이동했다. 겨울이 다가오고 눈이 내리기 시작했지만, 지난해 동부전선의 매서운 추위에 비하면 아직은 견딜 만한 수준이었다. 레클리스는 털이 더 굵고 어두운 밤색으로 변했다. 추위에 대비하는 훌륭한 자세였다.

사단 예비대에서 레클리스는 통신 케이블을 실어 나르는 새 임무를 부여받았다. 해병 10명이 며칠 동안 하는 일이 레클리스가 투입되자 신속하게 마무리됐다. 소대원들은 레클리스의 놀라운 작업 속도에 감탄하지 않을 수 없었다.

사단 예비대 생활을 알차게 보내기 위해 레이섬, 멀, 오로크는 몇 킬로미터 떨어진 호주군 부대를 방문하기로 했다. 호주군과 미 해병대는 서로 죽이 잘 맞는 편이어서 만날 때마다 시끄럽게 노래 부르며 즐거운 시간을 보냈다.

오랜만에 만난 호주 군인들은 자리에 앉자마자 레클리스 얘기를 꺼냈다. 특히 관심을 보인 건 레클리스가 포격 속에서도 놀라지 않고 탄약을 나르는 비결이었다. 해병들이 자식 자랑하는 아빠처럼 레클리스의 활약을 이야기하는 동안, 호주군은 전장을 휘젓는 영웅 스토리 사이사이에 추임새를 넣었다.

그중 한 호주 군인이 느닷없이 자신의 모자를 선물하겠다고 나섰다. 레클리스 이야기에 적잖이 감동한 표정이었다. 호주군 모자는 '슬라우치 해트(slouch hat)'라고 불렸는데, 총을 어깨에 멜 때 방해되지 않도록 한쪽이 비스듬히 내려간 것이 특징이었다. 호주 군인들에겐 자국의 전통을 지키면서 유엔군에 기여한 모습을 담은 특별한 모자였다. 해병들은 레클리스가 이 멋진 모자를 선물 받을 자격이 충분하다고 생각했다.

"부대에 돌아가면 꼭 레클리스 머리에 씌워 줘야겠어!"

레이섬이 웃으며 말했다.

해병들은 부대로 돌아오는 길에 애창곡 중 하나인 'London Bridge is Falling Down'을 일본어로 개사해 불렀다. "mosi mosi anone"로 시작하는 가사는 일본 전화 인사말이었다. 그 쉽고

재미있는 발음을 따라 목청껏 노래를 부르다 보면 전투로 쌓인 스트레스가 훌훌 날아가는 느낌이었다.

캠프에 도착했을 때는 이미 레클리스가 깊이 잠든 후였다. 하지만 레이섬은 호주 군인들의 특별한 선물을 당장 전달하고 싶었다.

"이봐, 레클리스. 너한테 줄 멋진 선물이 있어!"

레이섬이 부드럽게 레클리스를 깨웠다.

레클리스가 졸린 눈을 반쯤 뜨고 하품을 했다. 콜먼 일병이 모자 양쪽에 구멍을 내고 귀를 빼낸 뒤 모자를 씌우자 레클리스가 멀뚱멀뚱 그들을 바라보았다. 해병들이 큰 소리로 웃었다.

"잘 어울려, 레클리스!"

멀이 웃으며 말했다.

"정말 바보 같아 보이는군."

오로크가 콧방귀를 뀌며 말했다.

"나는 저 모자가 별로야. 프랜시스 같은 노새가 썼다면 모르겠지만, 레클리스는 달라. 레클리스를 웃음거리로 만드는 것에 난 반대야."

레이섬이 어깨를 으쓱였다.

"저희도 그냥 장난이었어요. 레클리스도 알고 있을 겁니다."

다음 날, 벙커를 찾은 콜먼은 모자가 제대로 걸려 있는지부터 확인했다. 하지만 콜먼이 벙커를 나가자, 모자에 코를 대며 냄새를 맡던 레클리스가 갑자기 입을 벌려 그것을 씹기 시작했다. 얼마 지나지 않아 옷걸이에 남은 건 모자 절반과 짧은 밴드뿐이었다.

레이섬이 돌아와 그 광경을 보고 웃으며 말했다.

"젠장. 레클리스가 또 장난을 쳤군!"

레클리스는 멈추지 않았다. 입안에 남은 모자 조각을 간식이라도 먹는 듯 질경질경 씹었다. 레클리스의 입에서 너덜해진 천 조각을 빼면서 멀이 말했다.

"아무렴 어때. 이건 우리 소대가 영원히 기억할 작은 추억이야."

레클리스가 콧바람을 불었다. 마치 '다음 번엔 더 조심해'라는 신호처럼.

*

사단 예비대에 있는 동안 후방에선 조용한 나날이 이어졌다. 반면 날씨는 점점 더 매서워졌다. 만주 지방의 차가운 바람이 하강하더니 임진강을 꽁꽁 얼려 버렸다. 야외 활동도 엄두를 내기 어려웠다. 호주군과의 저녁 파티마저 지프로 이동하는 동안 겪게 될 추위가 두려워 포기할 정도였다.

병사들은 난로를 최대로 틀어 놓고 책을 읽거나 편지를 썼다. 몇몇은 미국으로 돌아갈 날을 계산하며 시간을 보냈다. 레이섬을 비롯한 소대원들은 무료한 밤을 때우기 위해 자주 포커 게임을 열었다. 최소한의 대화만으로 진행하는 게임에서 중요한 건 돈보다 시간이었다.

그날 저녁도 차분한 분위기로 포커 게임이 진행되고 있었다. 레클리스가 텐트 입구에 코를 박고 들어오기 전까지는. 레클리스의 입장으로 차가운 바람이 텐트 안에 몰아치더니 등에서는 눈이 툭툭 떨어졌다.

"저런, 레클리스! 이 추위에 밖에 있었던 거야? 콜먼이랑 카터랑 같이 있는 줄 알았는데…."

레이섬이 레클리스의 얼굴과 갈기에 묻은 눈을 닦고 담요를 덮어 주었다. 난로 온도를 8단으로 올리자 배불뚝이 난로가 묵직한 소리를 내며 텐트 안을 금세 따듯하게 데워 주었다.

"다시 시작하자."

멀 하사가 카드를 나눠 주며 말했다.

포커 게임이 다시 시작됐다. 해병 스타일의 포커 게임은 와일드카드가 없는 단순하고 정직한 방식이었다. 텐트 안에서는 칩이 딸그락거리는 소리와 담배 연기만 흘러나왔다. 레이섬은 난로가 과열되는 걸 막으려고 조절기를 다시 6단으로 내렸다.

레클리스가 레이섬 뒤에 자리를 잡고 그의 어깨너머로 포커 게임을 구경하기 시작했다. 꽤나 흥미로운 눈치였다. 레이섬이 돌아보며 말했다.

"너도 하고 싶은 거야, 레클리스?"

정작 레클리스가 관심을 보인 건 레이섬의 베팅이 아닌 담배였다. 레클리스가 코로 슬쩍 담배를 건드렸다. 레이섬이 재빨리 러키 스트라이크 한 개비를 머리 위로 올리며 외쳤다.

"저리 가, 레클리스! 니코틴은 말한테 안 좋아!"

오로크가 웃으며 말했다.

"레이섬, 빨리 베팅해! 니코틴 문제는 나중에 해결하고."

그 와중에 레이섬이 연속으로 세 판을 이겼다. 이번에는 레클리스가 그의 앞에 쌓인 블루칩 더미에 눈독을 들이더니 날름 몇 개를 입에 물었다.

"헤이! 그거 내 칩이야!"

레이섬이 황급히 외쳤다.

레클리스의 장난에 해병들이 웃음을 터뜨렸다. 레이섬이 간신히 블루칩을 입에서 빼냈지만, 이미 몇 개는 삼킨 후였다.

"걱정 마세요 병장님, 플라스틱 칩이라 소화도 안 될 거예요."

주변에서 위로했지만, 레이섬의 표정은 금세 험악해졌다.

"그건 나도 알아. 하지만 레클리스가 30달러어치를 삼켰단 말이야!"

멀이 약 올리듯 말했다.

"어떻게 그걸 확신해?"

게임은 뒷전이었다. 모두 레클리스가 삼킨 블루칩 개수를 두고 설왕설래가 한창이었다. 정작 레클리스는 따분한 표정이었다. 해병들의 티격태격에 지쳤는지 난로 근처에 자리를 잡고 졸기 시작했다. 마치 아무 일도 없었다는 듯한 표정이었다.

침낭 속으로 기어 들어가던 오로크가 킬킬댔다.

"오늘 밤 일등석을 탄 건 레클리스뿐이네."

레이섬은 레클리스가 먹어 치운 블루칩만 생각하면 분이 풀리지 않았지만, 레클리스가 30달러를 꿔 간 거라 생각하며 쓰린 속을 달랬다.

"레클리스, 빌린 돈은 꼭 갚아야 해!"

변화

한 달간 주어진 사단 예비대 생활이 끝났다. 제5연대는 한 달 전과 전혀 다른 전방 지역에 배치됐다. 기존 지역에서 동쪽으로 이동해 제7연대가 방어하던 동베를린, 베를린, 리노, 베가스, 카슨, 그리고 작은 에바 전초기지를 지원하는 임무가 부여됐다.

레클리스는 더 이상 망아지 티를 내는 말이 아니었다. 장비와 탄약, 수류탄, 보급품, 식량, 침낭, 그리고 통신선을 싣고 거뜬히 전선을 누빌 수 있었다. 레클리스의 운송 목록에는 철조망도 들어 있었다. 제7연대에는 목초지나 특별 시설이 없었지만, 그런 것쯤은 이미 소대원들과 한 팀이 된 레클리스에겐 문제가 되지 않았다.

레클리스는 중대본부 구역 어디에서든 쉽게 모습을 볼 수 있었다. 누가 봐도 자연스러운 해병대의 일원이었다. 적의 포격이 시작되면 곁에 있던 해병들이 방탄조끼를 벗어 몸을 덮어 주곤 했다. 머리에서 엉덩이까지 방탄조끼로 덮인 레클리스는 전투 중에도 안전하게 보호받는 귀한 존재였다. 해병들이 자신의 안위를 포기하면서까지 레클리스를 지키려는 모습에 사령부는 불편한 기색을 보였지만, 행동까지 멈추게 할 수는 없었다. 레클리스를 위해서라면 어떤 명령도 무시할 게 분명했으니까.

그때까지 레클리스가 전선을 함께 누빈 건 대부분 해병대 제1대대 소대원들이었다. 하지만 전투 투입과 임무가 늘어나면서 제2대대와도 움직여야 했다. 물론 소속이 달라져도 레클리스에 대한 대원들의 반응은 한결같았다. 그 과정에서 딱 한 사람, 페더슨 중위는 소회가 달랐다. 자신의 의지와 판단으로 사비까지 털어 데려온 레클리스가 더 이상 우리만의 소대원이 아니라는 사실이 슬펐다. 레클리스는 어느덧 해병대 제5연대의 소중한 일원이 됐다. 시간이 흐르면서 연대를 넘어 사단, 그리고 해병대의 자랑이 될 것이다.

페더슨은 언젠가 레클리스를 떠나보낼 날이 올 거라는 사실을 알고 있었지만, 쓰린 마음을 다독이는 건 생각보다 쉽지 않았다. 부상에서 회복되지 않은 몸을 절뚝거리며 제2연대 폭스 중대 근처에 자신의 지휘 텐트를 설치한 것도 레클리스의 상황을 받아들이고 연대본부와도 거리를 두려는 의도였다.

레클리스가 새로운 전선에 배치되자 해병들은 목초지부터 찾아 나섰다. 아쉬운 대로 전선에서 북쪽으로 400미터 떨어진 방기동 농가 마을 근처 계곡을 선택했다. 불탄 오두막과 부패한 생물들이 뿜어내는 악취가 역겨웠지만, 중공군의 관측을 피할 수 있는 곳이라 상대적으로 안전했기 때문이다. 반면 적의 박격포 사정거리에 있다는 건 불안 요소였다. 가끔 중공군은 관측과 정찰 없이 맹목적으로 포격을 해댔다. 소대원들은 레클리스가 긴급 상황에서 몸을 피할 수 있도록 남쪽에 개방형 진지를 하나 더 만들기로 했다.

존 리슨비 하사는 120 고지 능선에 무반동총 사격 진지를 구축하기로 했다. 이곳은 목초지에서 동북쪽으로 떨어져 있고, 해병대 주 방어선과도 거리가 있었다. 이곳이라면 동베를린과 베를린 고지를 지원하고, 디트로이트와 프리스코 고지로 부르는 중공군 거점에도 포격을 가할 수 있었다. 중공군은 그곳을 '광둥'과 '상하이'로 불렀다.

리슨비 하사 분대의 주요 타깃은 베가스 전초기지와 마주한 중공군 153 고지와 190 고지였다. 목초지에서 탄약보급소, 그리고 사격 진지까지 경로를 설정하자 레클리스가 그 경로를 오가며 탄약을 운반했다. 레클리스가 탄약을 운반하는 오솔길은 한때 논과 경계를 이루는 경사지를 지나 계곡으로 이어졌다. 레클리스는 경사로를 오를 때면 네 발로 탄약의 무게를 버티며 힘차게 뛰어 올라갔다. 그런 다음엔 목초지를 우회하면서 동쪽으로 200미터쯤 떨어진 120 고지 능선으로 향했다.

능선의 경사는 45도 정도로 가팔랐지만, 레클리스는 마치 경주마처럼 달리는 것을 즐겼다. 안장에 실린 탄약통이 떨어질 듯 아슬아슬한 상황에서도 전혀 개의치 않았다. 콜먼은 그런 레클리스를 붙잡지 않고 자유롭게 놔두었다. 사격 진지에 가까워지면 레클리스는 더 속도를 냈다. 아마 자신을 반길 소대원들을 떠올렸을지도 모를 일이다. 소대원 중 누군가는 전투 상황이 아무리 긴박해도 항상 레클리스를 위한 간식을 준비했다. C-레이션 통에 담긴 투시 롤 같은 말랑한 캐러멜도 좋아했지만, 그중에서도 은박지에 싸인 딱딱한 캔디를 가장 좋아했다. 탄약을 내려놓고 돌아가는 길, 레클리스는 늘 소대원이 건넨 캔디를 입에 물고 있었다. 레클리스에겐 최고의 보상이었다.

*

제2분대는 주 전선 뒤쪽, 카슨 고지와 마주 보는 구역에 배치됐다. 그곳은 레클리스의 목초지에서 너무 멀리 떨어져 있어 탄약을 운반하는 게 불가능했다. 상황은 제3분대도 마찬가지였다. 심지어 제3분대는 에바 전초기지에서 훨씬 더 떨어져 있었다. 자연스럽게 레클리스는 리슨비 하사의 분대가 독점할 수밖에 없었다.

제2분대와 제3분대는 차량 접근이 불가능한 자신들의 부대로 왜 레클리스가 지원되지 않는지 궁금했지만, 그 이유를 깊이 파고들진 않았다. 120 고지에 탄약을 운반하는 일 역시 해병들의 목숨을 담보로 해야 하는 위험한 임무라는 사실을 잘 알고 있었기 때문이다.

반면 레클리스에겐 탄약 지원 외에 더 큰 문제가 닥쳐오고 있었다. 추운 겨울, 더군다나 전시 상황에 농부들에게 곡물과 건초를 얻는 일이 어려워지면서 레클리스의 여물통이 바닥을 드러내기 시작했다. 남은 건초와 C-레이션만으로는 레클리스의 체력을 챙길 수 없었다. 레클리스가 점점 야위어 가고 활기를 잃고 있다는 걸 알아챈 이는 역시 레이섬 병장이었다. 마냥 기다릴 없던 레이섬이 리슨비 하사에게 말했다.

"레클리스의 사료가 부족합니다. 최소한 20킬로그램은 살이 빠진 것 같아요."

리슨비가 잠시 침묵하더니 고개를 끄덕였다.

"우리가 할 수 있는 게 뭐지?"

주변 지형을 바라보던 레이섬이 말했다.

"바로 옆 언덕에 탱크와 트럭이 뭉개지 않은 좋은 풀들이 있습니다. 임진강 건너에서 사료를 구할 때까지는 하루에 한 번 건초를 베는 수밖에요."

리슨비가 곧바로 동의했다.

"오케이. 의무병 미첼한테 비타민을 구해서 레클리스에게 먹이면 더 도움이 될 거야."

하지만 레클리스는 비타민을 달가워하지 않았다. 레이섬이 건네는 걸 의심스럽게 쳐다본 건 그때가 처음이었다. 비타민을 한 알씩 억지로 입에 넣을 때마다 레클리스는 억울한 눈빛을 보냈다. 레이섬은 단호했다. 입을 벌리다가 혀가 부어 있는 걸 확인한 뒤에는 걱정이 더 커졌다. 미첼 역시 상황의 심각성을 깨닫고 세균성 감염을 치료하는 테라마이신을 처방했다.

레이섬은 레클리스를 달래며 꾸준히 처방약을 먹였다. 다행히 일주일 만에 부기가 가라앉았다. 비타민 덕분인지 예전의 활기도 되찾았다. 하지만 레클리스를 돌보는 동안 레이섬은 어느 때보다 마음이 아팠다. 레클리스의 몸에 새겨진 상처와 야윈 모습이 그동안 얼마나 많은 것을 견뎌 왔는지 새삼 알려줬기 때문이다.

레이섬의 제안으로 레클리스를 위해 자원한 해병들이 120 고지 근처 언덕에서 풀을 베고 있었다. 제5연대 신임 연대장 루이스 월트 대령이 폭스 중대 점검을 하던 중 그 장면을 목격했다. 제2차 세계대전 당시 가장 중요한 전투가 벌어진 솔로몬제도의 과달카날에서 복무한 23년 차 해병 장교에게도 매우 흥미로운 모습이었다.

"저 해병들은 지금 무얼 하고 있나?"

대령의 질문에 의전을 맡은 중대장이 답했다.

"레클리스에게 줄 풀을 베고 있습니다. 임진강 북쪽에서는 사료를 구할 수 없어 각 분대 해병들이 저녁 식사를 하러 갈 때 자발적으로 참여하고 있습니다."

뼛속까지 해병인 월트 대령에게 이는 매우 감동적인 이야기였다. 그는 레클리스가 작고 볼품없는 조랑말이자 단순한 군마가 아니라, 자신이 지휘하는 해병들에게 특별한 존재라는 사실을 확인할 수 있었다. 그 옛날 버지니아 기병대가 말과 여행자를 소중히 여긴 것처럼, 레클리스 역시 똑같은 해병 전우이자 가족이 되어 있었다.

모두가 마음을 쓴 덕분에 레클리스의 사료 부족 문제는 오래가지 않았다. 최근에 새롭게 부대에 전입한 부커 일병은 연대본부에 근무하는 친구에게 부탁해 밀 한 자루와 그레이엄 크래커를 챙겨 오기도 했다. 레클리스는 임진강 남쪽에서 보급품 트럭이 올라올 때까지 C-레이션 통에 담긴 초콜릿 바와 딱딱한 캔디, 크래커, 비타민 알약, 그리고 해병들이 직접 뜯은 풀을 먹었다. 이 과정에서도 레클리스는 변함없이 언덕을 오르내리며 임무를 수행했고, 서서히 체중을 회복했다.

*

전선은 갈수록 긴박하게 변해 갔다. 제5연대 제1대대와 제2대대가 다시 전선에 투입되고, 제3대대는 예비대로 전환됐다. 월트 대령의 단호한 지휘 아래 적에 대한 일련의 공격 계획이 수립됐다. 목적은 적의 기습 공격을 탐지하거나 포로를 확보해 중공군의 움직임을 파악하는 것이었다. 작전은 주간에 펼치기로 했다. 무기 지원 면에서 훨씬 유리했기 때문이다. 해병들은 근접 항공 지원을 받을 수 있었고, 포병과 박격포로는 정밀 타격을 가할 수 있었다. 탱크가 기동보병과 함께 작동하면서 개인 화기와 화염방사기를 사용할 수도 있었다. 또한 적의 시야를 가리기 위해 연막탄과 폭격을 활용할 수도 있었다.

폴록 장군이 작전을 승인한 후, 세밀한 계획 아래 모든 부대가 공격 준비에 돌입했다. 이 작전은 1953년 새해 첫 번째 작전으로, 베를린 전초기지 북쪽 139 고지가 목표였다. 우선 도그 중대의 중무장 소총 소대가 공격을 감행했다. 이 작전이 성공해 아군은 포로 여러 명을 확보했다. 120 고지의 리슨비 분대는 공격을 지원하기 위해 사격 위치를 잡았다. 레클리스가 새해 처음으로 고지에 탄약을 운반했다.

같은 달 말, 유엔군 사령부가 운곡 공격을 승인했다. 클램베이크 중대가 공격작전을 수행하고, 제3분대는 후퇴하는 중공군을 향해 포격을 실시했다. 중공군의 저항은 강력했다. 하지만 해병대의 포격과 항공 지원은 그들의 저항을 무력화하기에 충분했다. 이 전투에서 레클리스는 자신의 임무를 등에 지고 최전선을 달리는 용감한 해병이었다.

1953년 2월, 폭스 중대가 작전명 '찰리'인 기습 공격을 감행해 중공군 거점에 치명타를 날렸다. 그 거점은 리슨비 분대의 포진지 북쪽에 위치한 언덕으로, 미 해병대는 '디트로이트', 중공군은 '광둥'이라고 부르는 곳이었다. 사거리는 550미터 미만이었고, 사격 위치까지 이동하려면 300미터 길이의 논을 가로질러야 했다. 폭스 중대가 연막에 몸을 숨긴 채 진격하려면 리슨비 분대가 중공군 진지를 향해 쉼 없이 포화를 퍼부어야 했다. 그러려면 원활한 탄약 보급이 필수였다.

레클리스는 끈기 있고 충실하게 탄약 보급을 책임졌다. 하루에 스물네 번, 각각 6발의 고폭탄을 탄약보급소에서 사격 진지까지 운반했다. 페더슨 중위는 레클리스가 하루에 30킬로미터 이상을 이동하고, 총 1.5톤 이상의 포탄을 운반했다고 추정했다. 하루 종일 이어진 작전을 끝내고 목초지에 설치한 벙커로 복귀했을 때는 이미 밤이 깊은 상태였다. 레클리스에겐 생기를 띤 코웃음이 사라져 있었다. 콜먼 일병이 레이섬 병장에게 말했다.

"피곤할 만도 하죠. 오늘 해낸 일을 생각하면요."

"얼마 전까지 이 고지를 하루에 두 번 이상 오르내릴 거라곤 상상도 못 했는데…, 결국 포기하지 않고 해냈어."

대견하다는 눈빛으로 레이섬이 맞장구쳤다.

따뜻한 밀죽을 담은 양동이를 싣고 온 카터 일병이 페더슨 중위 옆에 차를 세웠다. 레클리스가 잠시 밀죽 냄새를 맡더니 입을 대기 시작했다. 레이섬과 콜먼은 레클리스의 몸을 부드럽게 마사지했다. 미국에서 가장 유명한 경주마 네이티브 댄서도 이보다 더 나은 서비스를 받지는 못할 것 같았다. 마사지가 끝나고 페더슨이 해병 모포를 덮어 주었을 때, 레클리스는 이미 잠에 빠져 있었다.

*

1953년 봄이 다가오면서, 테드 밀드너 대위가 지휘하는 제3중대는 운곡에 위치한 중공군을 상대로 기습 공격을 준비하고 있었다. 들판과 산 중턱에는 푸른 잔디 싹이 서서히 올라오고, 포격으로 황폐해진 땅에도 작은 야생화가 피어나기 시작했다. 전쟁 중에도 자연의 위대함을 알 수 있는 장면이었다.

레클리스도 부쩍 성장한 모습이었다. 임진강 이남에서 꾸준히 보급품이 올라오고, 신선한 사료를 먹게 되면서 두꺼운 겨울털을 벗어 내고 있었다. 새로 자라난 붉은 털이 레클리스의 몸을 덮기 시작했다. 그러나 장난꾸러기 기질은 잃지 않았다. 보급품이 없을 때는 자신의 그림자와 경주하듯 에너지를 쏟아냈다. 만약 지켜보는 관중이 응원이라도 하면 속도를 두 배는 더 낼 것 같았다.

부대에는 아쉬운 변화가 있었다. 교대 병력이 도착하면서 레클리스는 많은 친구와 이별해야 했다. 멀 하사는 떠나기 전 목초지에서 레클리스와 마지막 인사를 나누었다.

"잘 있어. 레이섬이 널 잘 돌봐 줄 거야."

레클리스는 아쉬워하는 멀 하사의 말을 알아듣는 눈치였다. 해리 볼린 하사도 미국으로 돌아가면서 제3분대는 로버트 레슈케 하사에게 인계됐다. 반면 새로운 친구도 생겼다. 육군에서 옮겨 온 엘머 라이블리 병장이었다. 그는 처음부터 해병은 아니었지만 누구보다 빠르게 레클리스와 가까워졌다.

봄의 전령이 들과 산을 바꾸고 있지만, 전선의 상황은 평화와 거리가 멀었다. 연대본부를 향한 적들의 포격이 부쩍 잦아지고 있었다. 주 전선에 떨어지던 포탄들이 후방까지 범위를 넓히기 시작한 것이다. 박격포탄 3발이 예고도 없이 목초지에 떨어지기도 했다. 한가롭게 풀을 뜯던 레클리스가 위험에 처할 수 있는 상황. 모두의 시선이 목초지를 향했다. 수많은 전투를 경험하면서 위험 감지 능력이 높아진 걸까. 레클리스는 이미 안전한 벙커로 뛰어든 후였다.

레이섬이 페더슨 중위에게 말했다.

"분명히 레클리스는 자기 머리 위로 날아오는 게 무엇인지 아는 것 같아요. 벙커가 어떤 곳인지도 정확히 알고요."

레클리스가 해병대 전투의 핵심 동력이라는 사실은 중공군에게도 알려져 있었다. 적의 관점에서 신속하게 포탄을 보급하는 레클리스는 당연히 골칫거리일 터. 저격병이 레클리스를 노릴 수밖에 없는 상황이었다. 해병들은 그 사실을 경험으로 알고 있었다.

레클리스가 산을 오르내리며 포화 속으로 사라지고 나타나길 반복하던 때, 중공군 저격수의 총구가 레클리스를 향한 적이 있었다.

콜먼 일병이 소리쳤다.

"적이 레클리스를 조준하고 있다! 좌측 45도 방향!"

사격 진지를 사수 중이던 해병이 콜먼이 알려준 방향으로 M1919 브라우닝 기관총을 쏘기 시작했다. 당황한 저격수가 고개를 살짝 내미는 모습이 보였다. 위치를 확인하자마자 맹렬한 추가 사격이 이어졌다. 적의 저격병도 대응 사격을 했지만 레클리스를 향하진 않았다. 위기의 순간을 넘기고 대원들은 한숨을 돌렸다. 물론 제2, 제3의 저격수가 나타날 수 있다는 사실에 긴장을 풀 수는 없었다. 전선의 분위기가 격렬하다는 보고도 연이어 들려왔다. 롤러코스터를 타듯 부대 분위기도 하루하루 달랐다.

적의 움직임이 잠잠한 날에는 레클리스의 모험이 대원들을 즐겁게 했다. 하루는 목초지를 떠난 레클리스가 불쑥 고지로 향했다. 낮도 아닌 밤 시간이었다. C중대는 뜻밖의 방문자를 보고 놀랐지만 금세 환영 파티를 준비했다. 레클리스를 위해 C-레이션 통을 열고 온갖 먹을거리를 제공했다. 한밤의 방문자에 대한 소문은 연대 전체에 빠르게 퍼졌다.

“어젯밤 레클리스가 고지에서 연대본부로 전화를 걸었다는 얘기 들었어?”

“뭐라고? 전화?”

“그래. 지금 C-레이션을 먹고 있다면서 콜라를 올려 보내라고 했대.”

“놀랍군. 설마 무반동총까지 먹어 치우진 않았겠지?”

농담은 거기서 멈췄다. 중공군의 기습 포격이 시작됐기 때문이다. 레클리스가 전초기지 참호 안으로 몸을 피했다. 해병들은 레클리스를 보호하기 위해 방탄조끼로 몸을 덮었다. 하지만 마음에 들지 않는지 레클리스가 머리를 흔들어 벗어 내려 했다.

해병들이 동시에 외쳤다.

“레클리스, 머리 숙여! 미쳤어?”

다음 날 아침, 적의 포격이 잦아들자 페더슨이 레클리스의 현재 위치를 보고하라고 명령했다. 걱정할 건 없었다. 밤새 포격으로 흙과 먼지를 뒤집어썼겠지만, 지금쯤 자신을 아끼는 해병들과 어울려 아침을 먹고 있을 테니까.

*

3월. 네바다 전초 전투는 한국전쟁에서 임무를 수행한 미 해병대에게 중요한 전투 중 하나였다. 한반도 중부 전선인 경기도 연천군에 자리한 리노, 베가스, 카슨 고지는 각각 서울 방어의 열쇠 같은 전초기지였다. 이 고지들이 중공군의 손에 넘어가면 해병대는 서울 방어의 중요 보루를 잃게 되는 셈이었다. 임진강 이남으로 물러서는 것은 물론, 한국 육군 역시 사미천강을 넘어 후퇴할 수도 있었다.

상상하기도 싫지만 서울은 다시 위험에 처하고, 판문점에서 진행하던 휴전 협상도 타격을 받을 수 있었다. 이 전초기지들을 잃는 것은 한반도 전체의 전황을 흔드는 결과를 가져올 수 있던 터라, 미 해병대는 고지를 사수하기 위해 모든 것을 걸어야 했다.

'네바다 전초'는 리노, 베가스, 카슨 고지를 합한 명칭으로 각각 미국 네바다주에 위치한 도박 도시의 이름을 딴 전초기지를 말한다. 고지를 처음 점령한 토니 카푸토 중위가 "이 고지들을 점령하는 건 마치 도박과도 같다"고 말한 데서 유래했다. 누가 이길지 아무도 알 수 없는 도박처럼, 고지를 점령하기 위한 전투가 끝도 없이 이어질 거라는 걸 예고한 탁월한 작명이었다.

각각의 고지는 적진과 가까이 위치한 탓에 적의 포격에 매우 취약했다. 지근거리에서 적과 호흡하고 있다는 건 그만큼 중요한 군사적 요충지라는 사실을 의미했다. 중공군은 이 전초기지들을 탈환하기 위해 병력 수천 명을 동원했다. 해병대 역시 이 고지를 지키기 위해 필사적이었다.

1953년 3월 26일, 본격적인 전투가 시작됐다. 중공군은 전선을 따라 1,900명의 병력을 투입해 공격을 개시했다. 그들은 연대본부는 물론 다그마, 헤디, 에스터 고지의 후방 전초기지까지 동시다발로 포격하며 해병대를 압박했다. 월트 대령은 그날을 이렇게 회고했다.

> 1953년 3월 26일, 낮 동안 비교적 평온하던 전선은 반나절을 넘기지 않고 분위기가 달라졌다. 그날 저녁, 정확히 중공군 1,900명이 우리 연대 전선을 따라 공격을 시작했다. 그들은 강력한 포병과 박격포를 동원해 전선을 뒤덮었고, 우리 해병대는 적의 맹공격에 맞서 싸웠다. 특히 전초기지 3곳에 집중된 적의 공격은 결코 잊을 수 없었다. 밤이 되자 하늘은 섬광과 폭발로 뒤덮였고, 그 소리는 태풍이 몰아치는 것 같았다. 해병대는 이 전투에서 많은 손실을 입었지만, 결코 물러서지 않았다.

리노와 베가스 고지가 중공군의 손에 넘어갔다. 해병대가 필사적으로 사수하려 했지만, 적의 압도적 화력과 병력 앞에서 결국 후퇴할 수밖에 없었다. 하지만 카슨 고지는 여전히 해병대의 손에 남아 있었다. 월트 대령은 마지막 희망으로 카슨을 지켜 내고 반격을 도모하기로 결심했다.

새벽 2시, 그는 모든 병력을 주 전선 후방으로 후퇴시키고, 리노와 베가스 탈환을 위한 조직적 공격을 준비했다. 폴록 장군이 월트 대령의 계획을 승인하면서, 해병대는 전선을 재정비하고 아군의 피해를 최소화하기 위한 준비를 시작했다. 작전 회의에서 월트 대령은 지휘관들에게 이렇게 명령했다.

"우리는 반드시 이 고지들을 되찾아야 한다. 적의 포격은 강력하지만, 우리는 충분히 이길 수 있는 무기와 병력을 갖추고 있다. 적들이 두 고지를 점령했다고 전투가 끝난 것은 아니다. 우리는 반드시 반격할 것이다."

레클리스는 정해 놓은 경로를 따라 묵묵히 임무를 완수했다. 중공군의 포격이 계속되는 가운데, 레클리스는 목초지에서 탄약보급소까지 스물네 차례 왕복하며 포탄을 운반했다. 33킬로미터를 이동하는 동안 레클리스가 운반한 포탄은 무려 1.6톤에 달했다.

콜먼 일병은 레클리스의 지칠 줄 모르는 모습을 보며 감탄했다. 레클리스는 절대 포기를 모르고, 몇 번의 왕복 명령에도 거부하는 법이 없었다. 페더슨 중위는 어느 때보다 지친 모습으로 부대에 복귀한 레클리스의 헌신에 경의를 표했다.

네바다 전초기지에서 벌어진 전투는 해병대뿐 아니라 레클리스에게도 잊을 수 없는 경험이었다. 레클리스는 단순한 말 이상의 역할, 그 누구도 해낼 수 없는 역할을 수행했다.

4장

영웅의 깃발은 세워지고

밤새 중공군 포격이 계속되자, 막사를 벗어난 레클리스가 걱정된 레이섬이 목초지로 달려갔다. 레클리스는 벙커로 안전하게 몸을 숨기고 있었다. 어제와 다른 건 레클리스의 컨디션이었다. 긴장한 탓인지 온몸에서 땀이 흐르고 있었다. 지금껏 경험하지 못한 무시무시한 포성, 하늘을 가르는 포탄의 섬광이 불안을 부추긴 모양이었다. 레클리스는 자신에게 달려온 레이섬을 알아보고 반갑다는 듯 머리를 기댔다. 레이섬이 레클리스의 목덜미를 따라 천천히 마사지하며 속삭였다.

"놀라지 마, 레클리스. 오늘은 더 중요한 임무가 우릴 기다리고 있어."

그 얘긴 레클리스는 물론 레이섬 자신에게도 한 다짐이었다.

무반동총 소대원들은 간밤에 벌어진 전초기지의 상황을 무전으로 모두 듣고 있었다. 페더슨은 이른 아침 연대본부에 도착해 작전을 전했다.

“금일 오전 9시 30분, 베가스와 리노를 강타할 예정입니다. 포병의 연막탄이 부족하지만, 리슨비 분대가 충분히 지원할 수 있습니다. 고지를 완전히 점령할 때까지 포격을 멈추지 않겠습니다.”

아직 동이 트지 않은 시각, 콜먼은 레클리스를 준비시키기 위해 목초지로 향했다. 그는 어둠 속에서 레클리스의 몸에 부착된 짐 안장의 가죽끈을 정리했다. 손아귀 힘이 센 콜먼도 꽁꽁 얼어붙은 가죽끈을 풀어내는 데 애를 먹을 정도로 새벽 추위가 대단했다.

중공군은 리노와 베가스 고지를 공격하기 위해 아군이 이용할 루트로 포격을 퍼붓고 있었다. 머리 위를 스쳐 가는 포탄 소리가 새벽 공기를 찢으며 윙윙거렸다. 화난 말벌 떼 수천 마리가 날아오는 소리 같았다. 이 소리가 특히 레클리스를 더 긴장하게 만드는 것 같았다. 콜먼이 보리밥을 주었지만 몇 입 먹고는 고개를 흔들었다.

콜먼이 레클리스를 위해 작은 곡물 자루와 함께 짐을 꾸렸다. 안전 로프를 잡고 탄약보급소로 향했다. 레클리스도 그를 따라 천천히 발걸음을 옮겼다. 가파른 언덕을 오르는 동안 콜먼의 방탄복 속으로 땀이 줄줄 흘렀다. 적의 보급기지가 보이지 않는 능선 가까이 다다랐을 때, 레클리스는 오늘의 상황을 인지한 듯 한껏 차분해져 있었다. 머리 위로 포탄이 날아다녀도 더 이상 긴장한 기색은 없었다.

고지 위에는 북서쪽에서 강한 바람이 불어오고 있었다. 콜먼에겐 단비처럼 시원한 바람이었다. 아군의 포탄이 머리 위에서 쉭쉭 소리를 냈지만 레클리스는 더 이상 머리를 흔들지 않았다. 콜먼이 연결 로프를 안장에 고정한 뒤 경사가 급한 길로 레클리스를 이끌었다. 탄약 운반은 가파르고 미끄러운 지형 때문에 올라가는 것보다 내려가는 일이 더 힘들 때가 많았다. 한 걸음 한 걸음 조심스럽게 움직이는 게 최선이었다. 하지만 사방에서 포성이 터지는 날엔 마음이 급해지기 마련이다. 중심을 잃은 콜먼 일병이 미끄러지면서 전투복 바지와 속옷이 찢기고, 무릎에서 피가 흘렀다. 앞서가던 레클리스가 그 소리를 듣고 걸음을 멈췄다. 혹시라도 간격이 벌어질까 걱정했던 걸까. 희미한 어둠 속에서 레클리스의 콧소리를 들으며 한 발 한 발 내려갔더니 레이섬 병장과 레클리스가 그를 기다리고 있었다.

탄약보급소에서 남은 탄약 상황을 확인하고 있을 때, 연대본부에서 두 대의 탄약 보급 트럭이 도착했다. 운전병들이 1킬로미터 전방부터 도로가 엉망이라고 투덜댔다. 레이섬이 탄약을 내리는 대원들에게 지시했다.

"지금부터 레클리스는 탄약 8발을 운반한다. 연막탄 6발, 고폭탄 2발!"

대원들이 레클리스의 안장에 탄약통을 묶고, 레이섬이 응원의 박수를 보냈다. 레클리스는 다시 움직이기 시작했다. 크게 심호흡을 한 레클리스가 귀를 앞으로 세우더니 언덕을 향해 돌진했다. 레이섬과 콜먼이 레클리스를 쫓아 언덕을 기어오르기 시작했다. 레클리스가 발을 굴릴 때마다 흙과 자갈이 사방으로 튀었다. 레이섬과 콜먼이 숨이 턱에 찬 채 능선에 도착했을 때 레클리스는 정확히 약속된 장소에서 기다리고 있었다. 두 사람의 안전을 확인한 레클리스가 다시 출발했다.

상대적으로 경사가 완만한 능선 위의 레클리스는 경주마 시절을 떠올리게 할 만큼 빨랐다. 뒤따르던 두 사람이 탄약통을 묶은 로프가 끊어질까 걱정할 정도였다. 45도 경사의 비탈길을 오르고 좁고 구불구불한 길을 100킬로그램 가까운 무게를 등에 지고 저렇게 달릴 수 있다니. 새삼 레클리스를 데려온 페더슨 중위의 판단에 고개가 숙여졌다.

레클리스가 두 번째 탄약 보급에 성공했을 때, 120 고지에 자리 잡은 리슨비 하사의 분대는 막 사격 준비를 마친 후였다. 목표물인 적의 고지는 손을 뻗으면 잡힐 것 같은 거리인 360미터 전방에 있었다. 포병들은 검은 고폭탄과 백린탄을 중공군 고지대에 사정없이 퍼부었다.

서서히 동이 트면서, 리노와 베가스 고지에서 벌어진 전투 흔적이 드러났다. 어지럽게 널려 있는 탄피, 들쑥날쑥한 참호, 뭉개진 철조망과 전술 통신 케이블. 생명체의 흔적이라곤 찾아볼 수 없는 참혹한 광경이었다. 페더슨 중위가 쌍안경을 들고 베가스 고지와 적의 이동 경로를 주의 깊게 살폈다. 그의 임무는 적 살상과 적의 전진을 방해하는 동시에 아군의 반격이 시작될 때까지 시간을 지연시키는 것이었다.

포탄 날아가는 소리와 함께 전선 후방의 탱크들이 드르릉거렸다. 언덕 아래에서도 포격이 시작됐다. 높은 발사각을 이용해 엄폐된 목표물을 타격하는 능력이 뛰어난 106밀리미터 박격포가 불을 뿜었다. 사거리가 6킬로미터에 달하는 107밀리미터 박격포 포탄들이 적의 고지대를 향해 사정없이 날아들었다. 총 144발의 포탄이 적진을 향해 일직선으로 날아갔다. 포탄 소리가 귀청을 찢을 것 같았다. 모든 해병이 자신의 머리 위를 지나는 주황빛 불꽃을 바라봤다.

다시 하나 둘 셋, 먼 곳에서 천둥 같은 소리가 들려왔다.

"알리비 포격!"

누군가 소리쳤다. 불발로 남아 있는 로켓탄을 다시 발사한다는 명령어였다.

레클리스도 쉼 없이 탄약을 운반했다. 한 번에 포탄 6발씩, 가장 멀리 떨어진 고지까지 700미터를 20분, 짧은 거리는 12분 만에 왕복했다.

리노와 베가스를 향한 총공세가 시작된 초반에는 중공군의 반격이 거의 없었다. 해병대의 맹렬하고 전면적인 포격이 가장 큰 이유였지만, 반격을 위해 포탄을 아끼려는 의도였다. 무반동총 소대 필수 일원으로서 레클리스의 임무는 아군의 전면적 공세에 최적화되어 있었다. 무반동총 소대의 전술은 한 번에 5발을 발사하고 다시 새로운 위치로 이동하는 패턴이었다. 산악 지형에서 그만큼 신속한 이동 시간을 확보하려면 탄약 운반이 용이해야 했고, 그것은 레클리스의 헌신 없이는 불가능에 가까운 임무였다.

*

기상예보에 따르면 풍속 20킬로미터의 바람이 북쪽에서 남쪽을 향할 거라는 새벽이었다. 이런 날씨는 공격을 감행하는 해병대 입장에선 난감할 수밖에 없었다. 적의 시야로부터 아군을 가려줄 연막탄 효과가 떨어지기 때문이다. 그 와중에 연막탄도 부족해 리노와 베가스를 공격할 아군을 효과적으로 엄호하기 힘든 상황이었다. 이를 보고받은 폴록 장군은 월트 대령에게 베가스 공격 준비에만 집중하고 리노 공격은 보류하라는 명령을 내렸다.

베가스 고지를 향한 반격 시간이 다가오자, 해병대의 모든 무기가 보병을 지원하는 임무로 전환됐다. 연막탄이 뿜어낸 연기가 바람을 타고 남쪽으로 흐르기 시작했다. 리슨비 하사의 분대원들은 적이 위치한 경사면을 향해 1분에 2발씩 연막탄을 퍼부었다. 연막탄 연기는 첫 분사 지역에서만 효과를 보일 뿐, 바람의 방향에 따라 맥없이 흩어졌다. 중공군은 해병대의 공격이 시작됐다는 걸 감지하자 즉시 반격을 시작했다.

페더슨은 쌍안경을 들고 적의 기관총 진지와 박격포 진지를 탐색했다. 산비탈을 따라 적의 진지를 발견하면 즉시 소대원들에게 알렸다. 라이블리와 오베르가 정확한 타격 위치를 찾았다. 포병과 중박격포가 전방 정찰병에 의존하는 반면, 무반동총은 소대원들이 직접 목표를 확인하고 조준할 수 있었다. 이 덕분에 페더슨은 자신의 소대원들과 함께 적의 진지를 정확히 겨눌 수 있었다.

페더슨과 소대원들은 무반동총 진지를 주 전선 앞쪽으로 이동하기로 결정했다. 그 위치라면 베가스 고지의 중공군을 직접 포격할 수 있고, 190 고지에서 내려오는 적을 측면에서 제압할 수도 있었다. 걸림돌이 없는 건 아니었다. 진지를 옮기면, 레클리스와 다른 탄약 운반병들이 그만큼 더 긴 거리를 이동해야 하는 데다 디트로이트와 프리스코 고지의 적들에게 노출될 위험이 컸다.

정오 무렵, 페더슨 중위가 139 고지에서 베가스로 이동하는 중공군 수백 명을 발견했다. 대대본부에 즉시 보고하고, 라이블리 분대엔 공격을 지시했다. 중공군은 200미터 떨어진 논을 가로질러 베가스 고지 뒤쪽으로 몸을 숨길 심산이었다. 라이블리와 오베르가 그 위치를 향해 고폭탄과 백린탄을 쏟아부었다. 대대에서는 중박격포와 항공기 폭격을 지원했다.

적의 포격도 만만치 않았다. 처음에는 산발적이던 포격이 아군을 향해 집중되고 있었다. 페더슨은 포병대가 위치를 이동하려면 다소 시간이 걸릴 거라고 판단해 무반동총 소대의 사격을 가능한 한 빨리 끝내고 현 위치에서 대기했다. 무반동총의 총신은 이미 손댈 수 없을 만큼 뜨거웠다.

이때까지 레클리스는 총 스물한 번 포탄을 실어 날랐다. 몸은 온통 땀에 젖어 있었다. 언제 당했는지 모르는 가슴 부위의 부상 때문에 안장 연결줄이 빨갛게 피에 젖어 있었다. 전투가 길어질수록 레클리스를 바라보는 레이섬과 콜먼의 마음은 조마조마했다. 달리다가 갑자기 멈추고 다시 달리는 모습에서 이번 임무는 성공하지 못할 거라고 판단했다. 하지만 레클리스는 한 번도 실패하는 법이 없었다. 고지에 도착한 후 탄약을 내려놓을 때마다 거센 콧김을 내뿜으면서도 콜먼의 격려 한마디에 다시 힘을 냈다. 격렬한 전장에서 긴 시간을 쉴 수도 없었다. 그런 사실을 잘 알고 있다는 듯, 레클리스의 고개는 이미 다음 탄약 이동 경로로 향해 있었다

얕은 개울을 건너 고지로 향하던 중, 낡고 허름한 대피소에 잠시 짐을 내렸을 때의 일이다. 대피소 코앞으로 박격포탄 3발이 굉음을 내며 날아들었다. 순간 백린탄이 폭발하며 사방에 불꽃을 흩뿌렸다. 백린탄은 폭발 시 고온의 백린을 방출하는 무기로 공기와 접촉하면 강력하게 산화하며 화상을 입히고 화재를 일으키는 폭탄이다. 레클리스가 잠시 멈칫하더니 뒷걸음질을 쳤다. 백린탄의 불꽃과 연기를 보더니 공포에 사로잡힌 것 같았다. 레이섬이 즉시 방탄조끼를 벗어 레클리스의 머리에 덮어 주었다. 시야를 가리자 레클리스의 공포감이 서서히 사그라들었다. 레이섬은 레클리스의 목을 부드럽게 쓰다듬었다.

방탄조끼를 걷어 내고 대피소를 벗어나 다시 탄약보급소로

향했다. M-20 레클리스 건이 위치를 변경한다고 알려 왔다. 베가스 고지에는 아직 적의 증원부대가 도착하지 않은 모양이었다. 레이섬과 콜먼은 엄폐가 확실한 안전한 계곡을 찾아 탄약이 실린 안장을 내리고 레클리스를 쉬게 했다. 물과 사료를 먹는 동안에는 발굽과 다리를 마사지해 주었다. 어쩌면 해병대에 합류한 후 가장 긴 하루였을 것이다. 쉬지 않고 이어지는 전투에서 레클리스는 박격포와 포탄이 터지는 참호선을 따라 끊임없이 탄약과 전투 장비를 운반했다. 레이섬과 콜먼 혹은 얼굴만 겨우 익힌 해병들과 동행했지만, 때론 혼자 임무를 수행했다.

늘 안전한 것도 아니었다. 어디서 날아왔는지 모를 파편 하나가 레클리스의 왼쪽 눈을 스쳤다. 눈동자와 눈 아래쪽으로 피가 흘렀다. 출혈이 심해 상처 부위를 알 수 없을 정도였다. 탄약보급소에 도착한 후에야 페더슨이 상처를 닦아 내고 요오드를 발라 주었다. 오후에는 안장 반대쪽 옆구리에 파편이 박혔다. 피로는 말할 것도 없었다. 그런 이유들이 레클리스의 신경을 곤두서게 했지만 해병들이 포탄을 싣기만 하면 자동화 기계처럼 다시 움직였다. 레이섬은 레클리스의 걸음이 점점 느려지면 전선에서 가장 귀한 물을 헬멧에 담아 레클리스의 입을 적셔 주었다. 전투 상황이 유리할 때는 포탄을 6발로 줄여 무게

부담을 덜고, 휴식 시간에는 자신의 전투 식량에서 가장 좋아하는 초콜릿을 꺼내 레클리스에게 건넸다.

하루가 가장 길던 그날, 레클리스는 총 쉰한 번의 탄약 운반을 완료했다. 레클리스가 나른 포탄은 모두 386발, 무려 4톤이 넘는 무게였다. 페더슨은 레클리스가 포탄을 나르기 위해 이동한 거리가 60킬로미터 이상일 거라고 추정했다. 평지도 아닌 산악 지형이라는 사실을 고려하면 그야말로 경이로운 성과였다. 마지막 임무를 마친 후, 레클리스는 고개를 숙인 채 안간힘을 쓰며 다리를 내딛고 있었다. 요란한 전투 소리에도 반응이 없었다. 콜먼은 레클리스가 비몽사몽 상태인 것 같다고 말했다. 목초지에 도착하자 서둘러 짐 안장을 풀고, 카터가 지프에서 챙겨 온 물 한 병을 마시게 했다. 신선한 사료와 마사지를 제공한 후 폭신한 짚을 깔아 주었다. 레클리스가 잠에 빠져드는 데는 오랜 시간이 걸리지 않았다. 콜먼이 조심스럽게 담요를 덮어 주었다.

임무 보고를 위해 본부로 찾아간 레이섬에겐 아직 피곤한 일이 더 남아 있었다. 레클리스와 탄약병들의 임무 보고를 받은 페더슨 중위가 말했다.

"레이섬, 나에게 내일부로 전출 명령이 떨어졌어. 이번엔 절대 바꿀 수 없다는군."

레이섬이 한숨을 내쉬며 레클리스를 떠올렸다.

"어디로 가십니까, 중위님?"

"멀리 가진 않아. 바로 옆 중대를 맡게 될 거야."

"그럼 레클리스는…."

"그건 걱정하지 마. 레클리스는 내일도 필요하잖아. 오늘 밤 새로운 무반동총이 도착할 테니 라이블리에게 준비시키고."

*

제2대대와 이지 중대가 리노와 베가스 고지를 점령하기 위해 사투를 벌였지만 작전은 실패로 돌아갔다. 하지만 오후 늦게 폭스 중대가 베가스 고지의 작은 참호 하나를 확보하고 중공군 포로를 생포하는 성과를 거뒀다. 포로들은 자신들이 군단 최고의 전투부대라 자부하는 358연대 소속이라고 밝혔다. 카슨 고지는 밤새도록 보급 차량이 드나들었고 방어가 강화됐다. 해병대는 베가스와 리노 고지를 재점령하기 위한 작전을 다시 세워야 했다.

페더슨은 대전차중대 본부 보고를 앞두고 라이블리와 레클리스를 보기 위해 목초지로 향했다. 리슨비 하사의 분대는 이른 새벽 무반동총 발사 위치로 이동한 후였다. 레클리스는 콜먼이 챙겨 온 보리 사료를 먹으면서도 지친 기색이 완연했다. 근육을 마사지하고 통증을 풀어 주는 방법 외엔 답이 없었다. 페더슨이 그 장면을 안쓰럽게 지켜보았다. 짐 안장을 순순히 받아 들였지만, 탄약보급소로 향하는 레클리스의 발걸음은 어느 때보다 무거웠다.

다행히 첫 번째 탄약 운반을 마친 레클리스의 움직임은 평소와 같았다. 전투 상황에도 한층 더 적응한 모습이었다. 라이블리 병장이 "30미터 앞에서 백린탄이 터졌는데 쳐다보지도 않던걸요"라며 자식 자랑하듯 목격담을 전했다.

베가스 고지 전투 둘째 날인 3월 27일. 공중폭격으로 투하된 M65 폭탄이 리노 고지를 강타하면서 적들에게 궤멸적 타격을 입혔다. 무게가 무려 450킬로그램짜리 폭탄이었다. 새벽부터 늦은 아침까지 수백 개의 폭탄과 포탄이 베가스 고지를 향했다. 폭격이 끝난 베가스 고지는 포연과 흙먼지만 짙은 안개처럼 피어오르는 죽음의 땅으로 변해 있었다. 대포와 항공기 폭격은 레클리스가 처음 경험하는 것이었다. 레클리스는 몇 차례 몸을 떨었지만, 두려움 때문이 아니라 근육의 반사적 반응처럼 보였다.

베가스 고지를 탈환한 건 전선에 복귀한 이지 중대였다. 무반동총 소대는 보병의 돌격을 지원하기 위해 적의 참호를 직접 타격하는 결정적 활약을 했다. 중공군은 밤낮으로 이어진 해병대의 공격을 방어하기 위해 2개 연대 병력을 추가로 투입했지만 효과를 보지 못했다. 더 이상의 희생을 감당할 수 없었던 중공군은 결국 퇴각을 선택했다. 해병대의 최종 승리였다.* 얼마 후 미 해병대는 터키군 여단과 교대해 후방으로 철수했다.

• 사흘간 지속된 이 전투로 레클리스는 전쟁 영웅이 되었다. 적의 포격과 총탄을 피해 가며 386개의 포탄을 실어 나른 공로를 인정받아 상병 계급장을 달았다.

경계인

미 해병대 제1사단에 몇 달 만에 주어진 꿀맛 같은 휴식이었다. 레클리스가 속한 연대는 임진강을 건너 캠프 케이시로 이동했다. 동두천 근처 신천강 마을에 위치한 아름다운 농업지대였다. 밤이 되면 전선에서 들려오는 대포 소리가 고요한 풍경을 깼지만, 들판을 채운 푸른 잔디와 꽃들은 레클리스에게 새로운 활력을 안겨 주었다.

캠프 케이시에 도착한 후, 페더슨은 또다시 전출 명령을 받았다. 이번에도 첫 소식은 레이섬에게 전했다.

"내게 또 전출 명령이 떨어졌어. 이번엔 어쩔 도리가 없네."

레이섬이 놀란 얼굴로 물었다.

"유감입니다, 중위님. 그럼 레클리스는 어떻게 되는 겁니까? 제가 레클리스를 인수하고 돈을 지불하겠습니다."

페더슨이 고개를 저으며 말했다.

"고마워. 하지만 나는 여전히 레클리스와의 관계를 유지하고 싶어. 언젠가 레클리스를 미국으로 데려가는 것도 고려해야 할 테니까. 사단이 미국으로 철수할 때 레클리스를 이곳에 두고 갈 순 없잖아."

"그 문제는 저도 생각해 봤습니다. 듣기엔 제2대대 본부에서 레클리스를 데려갈 방법을 찾겠다고 합니다."

"폴록 사단장님도 도울 거야. 물론 전쟁이 끝날 때까지는 기다려야겠지."

소대원들은 빠르게 돈을 모아 페더슨에게 전했다. 페더슨은 레클리스와의 관계가 끊어지는 걸 원치 않기 때문에 일부만 받기로 했다. 페더슨과 레클리스의 작별 인사는 라이블리가 지켜보기로 했다. 두 사람을 보더니 풀을 뜯던 레클리스가 천천히 다가왔다. 페더슨이 레클리스의 목을 쓰다듬으며 말했다.

"레클리스를 잘 보살펴 줘."

"걱정 마세요, 중위님. 저희와 잘 지낼 겁니다."

페더슨이 떠난 뒤, 제임스 쇼언 대위가 새 중대장으로 부임했다. 전방에서 보여 준 활약으로 레클리스의 인기는 부대 밖까지 번지고 있었다. 수많은 방문객이 레클리스를 보러 왔고, 다양한 매체와 인터뷰도 진행했다. 레클리스의 사진과 이야기가 미 국방부에서 발행하는 도쿄판 〈스타스 앤 스트라이프스(Stars and Stripes)〉•에 실렸고, 100년 넘은 미국의 유명 대중지 〈더 새터데이 이브닝 포스트(The Saturday Evening Post)〉••에도 게재될 예정이었다. 폴록 장군의 관심과 배려도 여전했다. 레클리스의 몸 상태는 최상이었다. 가끔 장단 시절을 떠올리게 하는 질주와 점프도 선보였다. 신설동 경마장을 누비던 모습 그대로였다.

며칠 후, 제5연대에게 수륙양용 상륙 훈련을 위한 이동 명령이 떨어졌다. 대원들은 레클리스도 함께 가는지 궁금했다. 레클리스의 주 임무가 고지전에서 탄약 운반을 하는 일인 만큼 수륙양용 상륙 훈련에 어떻게 대응할지 답을 찾기 어려웠다. 새 중대장 쇼언 대위가 명쾌한 답을 내렸다.

"당연히 레클리스도 함께 간다. 레클리스의 이름을 적재 목록에 올려. 탱크와 함께 상륙정에 탑승할 거야."

새로운 기록이었다. 역사상 최초로 해병대와 함께 상륙정에

• 미국 군사 전문 일간지.
•• 미국 잡지로 1897~1963년에 매주 발행되었다.

탑승하는 말. 쇼언 대위는 부대원들은 기차로, 레클리스는 콜먼과 함께 트레일러로 항구까지 이동할 것을 명령했다. 레이섬은 후방에 남아 부대가 훈련을 마치고 돌아올 때까지 레클리스의 발굽 문제를 해결할 적임자를 찾기로 했다.

*

부대원들은 해병 보급기지에서 하루를 보내고, 다음 날 아침 인천항에 도착했다. 마침 미국에서 도착한 육군 교대 병력이 부두에 내리고 있었다. 그들은 레클리스와 해병들이 도착하는 광경을 보고 놀라움을 감추지 못했다.

"와, 저기 봐! 해병대가 말까지 끌고 왔어. 말 해병이 배를 타고 상륙작전을 하나 봐."

이제 막 한국에 도착한 군인들에겐 신기한 장면이었다. 하지만 한국에서 조금이라도 시간을 보낸 군인이라면 레클리스를 알아보는 건 어려운 일이 아니었다.

해군의 상황은 또 달랐다. 육지에 내릴 일이 별로 없는 해군들은 해병대를 빛낸 이 작은 암말에 대한 정보가 전혀 없었다. 당연히 아무런 관심도 보이지 않았다.

레클리스가 상륙정에 승선하기 위해 경사로에 올라선 모습을 본 휠러 중령이 그 순간을 기록했다. 휠러 중령은 페더슨이 세 번째 부상을 당했을 때 제1대대를 지휘한 장교였다.

> 나는 레클리스와 레클리스의 동료들이 상륙정에 접근할 때 함장이 요란하게 고함치던 장면을 기억한다. 그는 말을 다룬 적이 없다며, 상륙정 갑판에 가축을 태우는 걸 반대했다. 하지만 해병대가 꺼내 든 선적 승인 목록에는 "멋진 외모의 작은 조랑말"이라는 문구가 적혀 있었다. 결국 레클리스는 상륙정에 오를 수 있었고, 콜먼 일병은 탱크 사이에 만들어 놓은 작은 마구간으로 레클리스를 인도했다.

제5연대가 진행할 훈련은 인천에서 남쪽으로 수백 킬로미터 떨어진 해변에 부대를 상륙시키고 모의 전투 훈련을 반복하는 것이었다. 훈련이 끝나면 다시 인천으로 돌아와 동두천 캠프 케이시로 복귀할 계획이었다. 이 훈련은 인천상륙작전 이후 최초의 연대 병력 상륙 훈련이었다. 레클리스에게 부여된 임무는 탱크와 함께 상륙해 무반동총 탄약을 내륙으로 운반하는 것이었다.

항해를 시작한 지 얼마 후 레클리스에게 위기가 닥쳤다. 험악한 날씨가 원인이었다. 바다 위라는 낯선 환경과 여행의 흥분, 탱크와 배의 기름 냄새가 뒤섞이며 심한 뱃멀미가 찾아왔다. 콜먼이 레클리스를 위해 최선을 다했지만 효과가 없었다. 의무병 미첼의 부재가 안타까웠다. 배 안에서는 멀미약조차 구할 수 없었다. 해군 의무병에게 사정을 말했지만 그는 미쳤느냐는 반응을 보이며 거절했다.

레클리스의 멀미로 탱크 갑판은 엉망이 됐고, 해군 승무원들은 불평을 쏟아 냈다. 상황을 전해 들은 상륙주정 편대 지휘관이 직접 배 아래로 내려왔다. 승선 때부터 함장과 마찰이 있던 터라 해군의 분위기는 대단히 적대적이었다. 해병들을 조롱할 기회라고 생각한 그가 상륙정에 승선한 부대 지휘관을 모두 소집하는 회의를 열고 분노에 찬 목소리로 말했다.

"도대체 해병들은 언제쯤 저 망아지를 상륙시킬 계획인가?"

회의에 참석한 육군 작전참모들은 깜짝 놀랐다. 그들은 상륙정에 말이 있다는 사실조차 금시초문이었다. 쇼언 대위가 웃음을 참으며 뭐가 문제냐는 제스처를 취했다.

지휘관이 콧방귀를 뀌며 답했다.

"뭐가 문제인지 모른다고? 탱크 갑판이 그 망아지 때문에 엉망이 됐다고!"

갈등은 쉽게 가라앉지 않았다. 해병 보병만 상륙하기로 계획이 바뀌면서 탱크와 포병, 레클리스는 계속 배에 남아야 했다.

갑판에서 마주치는 지휘관은 늘 못마땅한 표정이었다.

“내 배는 함대에서 2년 연속 가장 깨끗한 배로 인정받았어. 하지만 레클리스가 그 명성에 먹칠을 했지.”

이틀 후 훈련이 끝나고 상륙작전에 투입된 보병들이 돌아왔다. 그때쯤 레클리스는 멀미에서 벗어나 다시 먹을 수 있게 됐다. 문제는 부족한 사료였다. 딱 이틀 분만 적재하고 나머지 사료는 상륙작전 후 챙길 요량으로 다른 배에 실었기 때문이다. 훈련 계획이 바뀐 탓이었다. 콜먼이 임시방편으로 배 주방에서 양배추와 오트밀을 구해 왔지만, 이번에는 양배추가 문제였다. 레클리스가 다시 장염 증세를 보인 것이다. 승무원들은 다시 난감해했다. 콜먼은 눈에 띄게 살이 빠지는 레클리스가 걱정이었다. 이 상황을 레이섬에게 어떻게 설명할지 고민이었다.

갑판 위생 문제로 다시 좌불안석이 된 지휘관이 무전으로 S.O.S를 쳤다. “레클리스 사료가 바닥났음. 레클리스가 우릴 먹어 치우기 전에 우리가 먼저 레클리스를 먹어야 할지 모름.”

곧바로 건초와 보리를 실은 작은 보트가 도착했고, 긴급 처방으로 레클리스의 증세는 차츰 나아졌다. 하지만 훈련을 마치고 상륙정에서 하선할 때까지도 해군의 분위기는 바뀌지 않았다. 그 요란하다는 해군의 환송식 행사가 맹탕이라는 게 그 증거였다.

*

복귀한 캠프 케이시는 그사이 깔끔하게 정비되어 있었다. 칸막이를 갖춘 식당, 개인별 간이침대가 놓인 텐트, 매일 문을 여는 PX, 레크리에이션 장비, 평평하게 다져 놓은 운동장까지 쾌적한 환경이었다.

레클리스의 복귀만 손꼽아 기다린 레이섬이 레클리스에게 친구 한 명을 소개했다. 이름은 지미. 레이섬이 우연히 만나 함께 지내게 된 한국인 고아였다. 그날부터 세 사람은 뗄 수 없는 사이가 됐다. 레이섬과 지미가 레클리스를 돌보는 동안 상륙정에서 해군에게 온갖 구박을 받은 콜먼은 자유 시간을 만끽했다.

하루는 레이섬과 라이블리 병장이 레클리스를 위한 기발한 아이디어를 떠올렸다. 아이디어를 실행하기 위해선 사진부터 찍어야 했다. 사진에는 레클리스가 미국의 유명한 경주마 네이티브 댄서에게 도전하는 내용이 담겼다. 네이티브 댄서는 미국 전역에 명성을 떨치는 특급 경주마였다. 별명은 '은색 유령'. 회색 털 색깔과 압도적 경주 능력으로 총 스물한 번의 경주에서 모두 우승한 경력을 보유하고 있었다.

레이섬은 이 사진과 함께 레클리스와의 경주 조건을 제시하는 편지를 앨프리드 밴더빌트 2세에게 보냈다. 밴더빌트 2세는 명문가의 후손으로 미국 경주마 산업을 쥐락펴락하는 영향력을 지녔을 뿐 아니라 말 관리 능력으로도 널리 알려진 네이티브 댄서의 주인이었다.

"걱정 붙들어 매. 레클리스가 꿀릴 게 뭐 있어?"

레이섬은 레클리스의 실력이라면 네이티브 댄서와 충분히 겨룰 만하다고 생각했다.

레이섬이 제시한 경주 상금은 2만 5천 달러였다. 상금은 제1사단 해병들이 각자 1달러씩 내서 모을 계획이었다. 경주 내용은 기발했다. 75밀리미터 포탄 8발, 약 90킬로그램을 실은 상태에서 2.5킬로미터 거리의 언덕과 논밭을 달리는 경주였다. 기수는 없고, 레클리스와 네이티브 댄서가 동시에 출발해 무반동총 진지에 먼저 도착하면 승리하는 규칙이었다.

부대 전체가 스페셜 경주에 대한 기대감으로 잔뜩 부풀어 올랐다. 하지만 기대는 오래가지 않았다. 며칠 후, 네이티브 댄서가 켄터키 더비에서 최초의 패배를 기록했다는 소식이 전해지자 소대원들은 밴더빌트에게 답장이 올 확률이 사라졌다며 아쉬워했다. 스페셜 매치는 성사되지 않았지만 해병대 제1사단은 레클리스의 승리를 확신하고 있었다.

하루는 베가스 전투의 영웅들을 기리는 연대 퍼레이드가 펼쳐졌다. 언덕에 자리한 사단 밴드가 군악을 울렸다. 밴드 연주 소리를 들은 레클리스가 전쟁터에서보다 더 흥분한 모습을 보였다. 음악이 레클리스의 피부를 자극하는 게 분명했다. 각 소대가 사열대를 통과할 때마다 흔들리는 걸음걸이로 쇼를 하고 싶어 하는 눈치였지만, 상륙정에서 경험한 상황을 떠올린 콜먼이 레클리스의 고삐를 쥐고 허락하지 않았다.

폴록 장군은 미국으로 돌아가기 전 마지막으로 레클리스를 찾아왔다. 언제나 그랬듯 장군의 시선은 레클리스의 관리 상태와 발굽을 향했다. 이번에도 불호령을 피할 순 없었다.

"레클리스의 발굽 상태가 왜 이렇지?"

라이블리 병장이 얼어붙은 채 대답했다.

"내일 아침 서울 경마장으로 데려가 발굽 수리할 사람을 만날 예정입니다."

레클리스를 향한 폴록 장군의 애정은 진심이었다. 장군의 지시를 수행하기 위해 레이섬과 지미가 레클리스를 데리고 서울로 향했다. 발굽을 수리할 사람은 레클리스를 잘 아는 사람이었다. 레이섬은 페더슨 소위가 신설동 경마장에서 레클리스를 데려온 걸 알지만, 그 이전 소유자가 누구인지는 모르고 있었다.

경마장에 도착하자 주변에 모인 한국인 모두가 레클리스를 기억하고 있었다. 그때 한쪽 팔이 없는 남자가 조심스레 다가왔다. 레클리스는 순순히 남자의 손길을 받아들였다. 그의 이름은 최창, 페더슨에게 레클리스를 판매한 사람이었다.

레이섬이 반갑게 인사를 건넸다.

"헬로! 우리 말에게 새 편자가 필요해요."

최창이 레클리스의 등에 손을 얹고 말했다.

"우리가 잘 고쳐 줄게요."

그러곤 바로 옆에 서 있는 젊은 남자에게 한국말로 다급히 말했다.

"얼른 가서 데려와. 아침해가 왔다고 전하고."

레이섬이 다시 물었다.

"지금 아침해라고 했나요? 그게 이 말의 원래 이름인가요?"

"그렇습니다. 당신들은 뭐라고 부르나요?"

"레클리스!"

레클리스, 레클리스, 최창이 이름을 몇 번 곱씹었다. 그러곤 레이섬에게서 고삐를 건네받아 마구간으로 데려갔다. 레클리스는 한없이 편안해 보였다. 얼마 지나지 않아 젊은 한국인 남자 하나가 숨을 헐떡이며 마구간으로 들어왔다. 혁문이었다.

"아침해!"

혁문은 이미 울고 있었고, 눈에는 눈물이 가득 고여 있었다. 레클리스가 혁문을 알아본 듯 그의 어깨에 고개를 비비며 반가워했다.

최창은 자연스럽게 자신이 쥐고 있던 고삐를 혁문에게 건넸다. 레클리스의 발굽을 만지는 일도 함께. 그 장면을 지켜보던 레이섬은 이 한국인 청년과 레클리스에게 얼마의 시간이 필요할 것 같다고 판단했다.

*

마사 안으로 따스한 햇빛이 비스듬히 스며들고 있었다. 혁문은 연장통을 옆에 두고, 레클리스의 발굽부터 살피기 시작했다. 오래전, 경마를 앞두고 있을 때 혹은 경주를 끝냈을 때 늘 살피던 엄마 말 불꽃의 발굽이 떠올랐다.

하지만 행복한 기억도 잠시, 혁문의 얼굴에 금세 그늘이 드리웠다. 레클리스의 몸 여기저기 새겨진 상처가 눈에 들어왔다. 눈가에는 칼로 베인 듯한 상처가, 허벅지에는 파편 자국이 여럿 남아 있었고, 몸통은 포탄을 나르며 생긴 굳은살로 덮여 있었다. 먼 발치에서 볼 때는 날렵한 경주마이던 엄마를 쏙 빼닮았지만, 가까운 곳에서 살핀 레클리스는 경주마에 근성을 더한 군마 그 자체였다.

"많이 다쳤구나. 많이 아팠겠어. 전쟁이 무섭진 않았니?"

대견함과 슬픔이 뒤섞인 감정으로 허공에 시선을 두던 혁문이 레클리스의 발굽을 들어 올렸다. 자신에게 주어진 시간이 그리 많지 않다는 걸 안 순간, 마음이 바빠졌다. 레클리스의 발굽에는 동부전선 고지를 오르내린 전쟁의 흔적이 가득했다. 포탄에 움푹 파이고 피로 물든 땅을 누비며 수없이 달렸을 날들이 혁문의 머릿속을 채웠다.

"잘 견뎠어, 아침해. 넌 정말 대단한 아이야."

그 말을 이해한다는 듯 레클리스가 고개를 주억거렸다.

편자를 박는 동안 레클리스가 전투에서 활약한 결과로 많은 전우를 살렸다는 사실에 감사한다는 마음을 혼잣말로 전했다.

작업이 끝난 뒤, 혁문은 레클리스의 갈기를 쓰다듬으며 속삭였다.

"우리 또 만날 수 있을까?"

레클리스가 잠시 혁문의 얼굴을 바라보더니, 마치 대답이라도 하듯 그의 어깨에 고개를 기댔다. 혁문이 환하게 웃으며 고개를 끄덕였다.

"그래. 전쟁이 끝나면 꼭 너를 찾도록 할게."

짧은 재회였지만, 혁문의 마음은 편안했다. 누나의 의족을 구해야 한다는 마음에 제대로 된 인사도 하지 못하고 헤어져야 했던 아쉬움을 조금은 달랠 수 있었기 때문이다. 그런 시간을 허락한 레이섬에게도 용기를 내 감사 인사를 전했다.

"생크 유! 생크 유 베리 머치!"

떠나는 사람들

더 이상 전투가 없을 거라는 생각은 오산이었다. 다시 전선에 복귀하라는 명령이 떨어졌다. 복귀하는 날에는 때 아닌 폭우가 쏟아졌다. 장단으로 복귀한 제2대대에게는 헤디 고지에서 COP2까지 전초기지를 지원하는 임무가 부여됐다. 무반동총 소대와 레클리스를 위한 순환 근무였다. 밀고 당길 뿐 결론을 내지 못하는 휴전회담이 지루하게 계속되는 중에도 중공군의 공격은 끈질기게 이어졌다.

해병대가 동두천 예비대대에 머무는 동안, 터키군은 중공군 참호선을 공격해 상당한 성과를 올렸다. 제2대대가 해당 구역을 점령한 후 지휘관이 라이블리에게 말했다.

"우리가 계속 움직이지 않는 한 적들은 포기하지 않을 거다. COP2 고지를 향해 다시 포탄을 퍼붓겠지. 아직도 해병들은 피를 흘리고 있어. 적들에게 맛을 보여 줘라."

라이블리가 씩 웃으며 답했다.

"맡겨 주십시오."

라이블리는 하루도 빠짐없이 무반동총으로 적의 진지를 타격했다. 그의 분대가 사격 진지를 배정받은 후, 중공군의 공격은 눈에 띄게 줄어들었다. 레클리스와 소대는 COP2에서 에바 고지까지 동쪽으로 이동하며 전투를 이어갔다.

제3대대는 헤디 벙커에서 격렬한 전투를 벌였다. 레클리스는 첫 포격을 경험한 바로 그 고지에서 적들의 공격을 받았다. 동쪽으로는 해병대 제1연대와 제7연대가 베가스 고지를 놓고 중공군과 사투를 벌이고 있었다. 하지만 터키군이 베가스 고지에서 철수하라는 명령을 받으면서 해병대의 전열이 흐트러졌고, 많은 전사자가 발생했다.

1953년 7월에 접어들면서 유엔군과 한국군, 중공군과 북한군은 38선을 사이에 두고 마지막 대공세를 펼쳤다. 7월 13일부터는 휴전 협상에서 유리한 고지를 점령하기 위해 30만 명의 병력을 투입한 중공군이 대규모 포격을 앞세워 금성 지역으로 진격을 시작했다. 공격 초기 그들은 한국군의 방어선을 돌파하고 금성 지역 일부를 점령했다. 하지만 한국군은 방어선을 재정비하고 미군과 유엔군의 지원을 받아 총반격을 개시했다. 중공군이 일부 지역에서 전술적 승리를 거두고 중부 전선 일부를 밀어냈지만, 전략적으로 큰 변화를 챙기진 못했다. 전투는 다시 교착상태에 빠졌다.

그렇게 보름이 흘렀다. 마침내 7월 27일 휴전협정이 체결됐다. 한국전쟁의 마지막 대전투로 알려진 금성 전투를 비롯해 7월 중순 중부 전선의 전 고지에서 처절한 전투가 벌어졌다. 모든 전투는 휴전 협상에서 유리한 위치를 차지하려는 마지막 몸부림이었다. 하지만 결과는 미군, 중공군, 한국군, 북한군, 유엔군이 입은 피해에 비하면 안타까울 정도였다. 최종적으로 휴전선은 전쟁 초기에 설정한 군사분계선과 큰 차이가 나지 않았다. 힘겹고 잔인하던 20세기의 비극은 누구도 승리하지 않은 채 막을 내렸다.

*

휴전 협상이 끝나고 얼마 후, 제2대대는 남쪽으로 이동해 임진강으로 향했다. 레클리스는 제2연대와 함께 강변 근처의 새로운 캠프에 자리 잡았다. 그곳은 완만한 강변으로, 검은 모래가 깔린 편안한 계곡이었다. 레클리스는 통신선을 연결하는 작업을 도왔고, 점점 살이 오르기 시작했다.

어느 날, 제2연대 연대장 앤드루 기어 대령이 레이섬을 자신의 텐트로 불러 레클리스에 대해 물었다. 대령은 최측근 전우가 말하는 '레클리스' 스토리를 빠짐없이 노트에 적었다.* 대화 분위기가 무르익자, 레이섬이 조심스럽게 레클리스의 미국행 계획을 제안했다.

"대령님, 이상하게 들리시겠지만 저는 레클리스와 지미를 미국으로 데려가고 싶습니다."

대령이 말했다.

"미국에 자녀가 있나?"

"두 딸이 있습니다. 둘째는 제가 한국으로 떠날 때 고작 2개월 된 아기였습니다."

"부인에게 이 계획을 알렸나?"

"아직… 하지만 분명 좋아할 겁니다. 아내 역시 말과 개를 좋아하거든요."

"지미를 데려가는 건 훨씬 더 복잡할 거야. 아무튼, 자네가

* 1955년, 앤드루 기어는 자신이 정리한 자료를 모아 《Reckless: Pride of the Marines》라는 책을 펴냈다.

지미를 맡고 내가 레클리스를 돌보면 어떨까. 내 아버지는 말을 엄청 좋아하셨고, 훌륭한 기수였어. 내 평생 많은 말을 봤지만, 레클리스 같은 말은 본 적이 없네. 레클리스는 페더슨이 데려오기 전부터 사랑받는 분위기에서 잘 훈련받은 것 같아. 그가 누구에게서 이 말을 샀는지 모르지만, 경마장에 있는 한국인은 알고 있을 거야. 한 남자가 레클리스의 한국 이름을 말해 줬는데 기억나지 않는군."

"제가 알고 있습니다. 말을 판 사람은 최창이고, 주인은 김혁문이라는 청년입니다. 김혁문은 레클리스의 엄마 말인 불꽃의 주인이기도 하고 훌륭한 기수였다고 들었습니다. 참, 레클리스의 한국 이름은 아침해입니다."

"좋은 정보를 알려 줘서 고맙네. 얼마 후면 김포연대로 전출갈 예정인데, 서울에 갈 일이 있을 때 레클리스에 얽힌 이야기를 좀 더 알아보겠네."

"떠나시게 되어 섭섭합니다, 대령님."

"나도 이번 전출이 너무 아쉽네. 사단본부에 들릴 만큼 큰 소리로 외쳤지만 소용없었어. 내일이 부대에서 보내는 마지막 밤이야. 부사관 텐트에서 환송 파티를 할 예정인데, 레클리스와 함께 참석해 주면 고맙겠네."

레이섬은 흔쾌히 참석하겠다고 답한 후, 레클리스와 함께 좁은 길을 따라 지프 주차장으로 걸어갔다. 대령의 큰 목소리가 들렸다.

"레이섬! 내가 자네를 대대에 편입시키도록 준비하겠네. 아마 폭스 중대에 배속될 거야."

"감사합니다, 대령님."

그들이 떠난 후 대령은 한동안 어둠에 잠긴 임진강을 바라보았다. 자유의 다리를 건너는 신호등 불빛이 강 위에 어른거렸다. 쉽게 잠들 것 같지 않은 밤이었다. 대령은 레이섬에게서 들은 내용을 정리한 노트를 보기 위해 랜턴을 켰다.

다음 날 저녁, 기어 대령은 대대 구역을 돌며 작별 인사를 나눴다. 레클리스도 함께였다. 레클리스는 텐트나 벙커 내부가 좁아도 전혀 불편해하지 않았다. 라이블리가 웃으며 말했다.

"대령님, 레클리스는 자신이 말이라는 사실을 잊고 있는 것 같습니다."

환송식은 흥겨웠다. 늦은 밤에는 대대본부 장교 식당에서 스팸 샌드위치를 만들어 먹었다. 레클리스는 커피 캔 하나를 마시고 땅콩버터를 바른 빵을 먹었다. 땅콩버터가 레클리스의 입천장에 달라붙었을 때, 모두가 배꼽이 빠지게 웃었다. 버터를 떼어 내기 위해 두 번째 커피 캔이 동원됐지만, 레클리스는 여전히 자신의 혀로 입천장에 붙은 버터를 떼어 내려고 애썼다.

*

그해 10월, 레이섬과 콜먼에게 미국 복귀 명령이 떨어졌다. 이제 진짜로 레클리스와 이별할 시간이 된 것이다. 페더슨 중위에 이어 두 사람까지 없는 레클리스라니. 하지만 레이섬은 레클리스가 결코 부대에서 잊히는 존재가 되지 않을 거라고 확신했다. 폴록 장군이 떠난 후 새롭게 제1사단장으로 부임한 맥 페이트 장군도 처음에는 큰 관심을 보이지 않더니 요즘은 제2대대에 올 때마다 레클리스의 근황을 확인했다. 윌리엄 맥매너스 중위가 레이섬을 안심시키며 이렇게 말했다.

"걱정 마라. 대대에서 감옥에 가는 가장 확실한 방법은 레클리스의 벙커가 더럽고 레클리스가 행복하지 않다는 걸 장군이 알게 되는 순간이니까."

위기가 없지는 않았다. 레이섬과 콜먼이 떠난 후 대대가 발칵 뒤집히는 사건이 벌어졌다. 누군가 레클리스를 납치하고 몸값을 지불할 때까지 억류하겠다고 알려 왔다. 실제로 레클리스의 행방은 묘연했다. 레클리스의 안위를 걱정한 해병들의 대응은 신속했다. 범인들이 요구한 몸값을 만들기 위해 부대 전체에 1달러짜리 티켓이 배포됐다. 무반동총 소대원들의 얼굴에는 웃음기가 사라졌다. 그들은 레클리스가 안전할 거라고 믿으면서도 납치범들이 레클리스를 제대로 돌볼 수 없을 거라 판단했다. 그럼에도 가능한 한 빨리 찾는 게 급선무였다. 라이블리 병장은 단숨에 400달러를 모금했다. 사단 전체 모금액은 이미 2만 8천 달러를 넘기고 있었다.

다행히 레클리스는 무사히 소대원들의 품으로 돌아왔다. 포 포인트 박격포 부대원들이 레클리스를 벙커에서 끌어내 다른 벙커에 숨겨 놓은 사실이 발각되면서 사건은 해프닝으로 끝났다. 그들의 증언에 따르면 레클리스는 자신을 납치한 부대원들과도 잘 어울리는 모습을 보였다고 한다.

존 스트레인지 상사는 이 사건의 전 과정을 지켜보며 레클리스가 너무 오랫동안 공식적으로 인정받지 못했다고 느꼈다. 앤드루 코바크 대위도 이에 동의했다. 레클리스를 인정하고 그에 합당한 배려를 했다면 납치 사건 같은 해프닝은 일어나지 않았을 거라고 생각했다. 레클리스가 완수한 임무를 따져 보면 레클리스는 하사로 진급해야 마땅했고, 전선에서 활약한 공로는 더 널리 알려야 했다.

해병으로서 공식적으로 인정받는 첫 단계는 제복이었다. 레클리스에겐 특별 제복이 필요했다. 코바크 대위는 레클리스의 몸을 감쌀 제복(담요)을 디자인하고, 서울에서 맞춤 제작이 가능한 재단사를 찾았다. 제복은 금색 테두리를 두른 붉은 비단으로 제작했고, 여기에 해병대와 부대 마크를 새겼다. 가격은 51달러였다.

일주일 후, 완성된 제복이 도착했다. 피팅을 위해 레클리스 몸에 걸쳤을 때, 레클리스는 뭔가 감동받은 눈치였다. 빌리 존스 일병이 "독수리가 한국의 피곤한 참새처럼 보인다"라고 농담을 했지만, 그 모습을 본 모두가 훌륭한 작품이라고 동의했다. 그 순간, 레클리스가 제복 끝부분을 잘근잘근 씹기 시작했다. 이를 재빨리 알아차린 라이블리가 모두에게 경고를 날렸다.

"레클리스가 호주군 모자를 먹어 치운 적이 있습니다. 제복을 입었을 때는 절대 혼자 두지 마십시오."

레클리스의 진급식 준비를 끝낸 후 코바크 대위가 장군의 부관인 엘비 마틴 대령에게 특별 요청 사항을 전달했다.

"장군님이 직접 오셔서 하사 계급장을 달아 주실 수 있을까요?"

"물론이지!"

부대 전체가 진급 행사 준비로 분주했다. 작은 무대를 세웠고, 표창장을 준비했으며, 연대본부에서 국기와 해병대 깃발을 빌려 왔다. 행사는 소박했지만 인상적이었다. 중대가 퍼레이드를 하는 동안 장군은 사열대로 이동했다. 라이블리가 레클리스를 단상으로 안내한 후, 표창장이 낭독됐다.

1952년 10월 26일부터 1953년 7월 27일까지, 레클리스 상병은 미 합중국 해병대 보병 연대에서 복무하며 전투작전 중 많은 공을 세웠습니다. 특히 탄약 운반 임무를 훌륭히 수행했습니다. 레클리스의 임무에 대한 헌신과 노력은 레클리스를 하사로 진급시키기에 충분합니다.

표창장 낭독이 끝나자, 페이트 장군이 레클리스의 새 제복에 하사 계급장을 달아 주었다. 레클리스와 함께 전장을 누빈 전우는 물론, 레클리스의 이름을 아는 모두가 축하의 박수를 보냈다. 얼마 후, 워싱턴으로 돌아간 페이트 장군은 중장으로 진급해 미 해병대 부사령관이 됐다. 레클리스에게는 가장 높은 자리에 오른 든든한 친구가 생긴 셈이었다.

5장

새로운 땅으로

1953년 12월 초, 앤드루 기어 대령이 레클리스를 만나기 위해 김포에 위치한 제2연대를 방문했다. 마구간과 레클리스의 발 상태를 꼼꼼히 살핀 그는 지적 사항을 빠짐없이 메모했다. 내용은 레클리스 관리가 전반적으로 부주의하다는 것이었다. 대령이 지적한 부분은 빠르게 개선됐다.

대령은 할 일이 많았다. 미국으로 돌아온 기어 대령은 중산층 독자를 많이 보유한 100년 역사의 잡지 〈더 새터데이 이브닝 포스트〉의 편집장 벤 히브스를 만났다. 이 자리에서 레클리스에 대한 이야기가 자세히 오갔고, 히브스 편집장은 미팅 말미에 1954년 4월 17일 자 발행 지면을 레클리스 관련 기사를 위해 내주겠다고 약속했다.

다음은 해병대 사령부 참모장 비서인 빅터 크룰랙 대령에게 레클리스를 미국으로 데려온 뒤 캠프 펜들턴에서 영구적으로 근무할 수 있도록 제안했다. 크룰랙 대령 역시 레클리스를 이미 알고 있었다. 두 대령은 이 문제를 함께 해결하기로 결정했다. 우선 레클리스의 미국행 가능성을 타진하는 편지를 사령부로 보냈다. 하지만 해병대 사령부의 첫 반응은 예상을 완전히 빗나갔다.

> 레클리스는 한국전쟁에서 해병대의 첫 번째 말이 아닙니다. 1951년 봄, 중공군 퇴각 당시 다수의 운송 수단과 물자를 획득한 바 있습니다. 그중에는 열 살짜리 밤색 거세 말이 있었습니다. 제1병기대대 병사에게 발견된 이 말은 치료를 받고 회복했습니다. 질 좋은 안장과 고삐도 갖춘 상태라 해당 부대는 이 말을 타고 험난한 산악 지역을 이동했습니다. 적절한 편자를 제공할 수 없어 합성 밑창을 이용해 대체 신발을 만들었습니다. 우리는 레클리스가 훌륭한 말임을 의심하지 않지만, 해병대 내에 유일한 말은 아니라는 사실을 전합니다.

편지의 본론은 더 실망스러웠다.

레클리스를 미국으로 데려오는 문제에 관해 말씀드립니다. 해병대가 실제로 레클리스를 소유하고 있는지와 레클리스를 이 나라로 데려오려면 어떤 절차가 필요한지 협의해야 합니다. 정부가 제공하는 교통수단은 레클리스가 해병대 소유일 경우에만 제공 가능합니다. 우리는 전쟁에 기여했다면 1달러짜리 동물도 미국으로 운송할 수 있습니다. 하지만 레클리스를 데려오는 비용은 부수적 홍보 외에 별다른 목적이 없어 정당한 승인을 받기 어렵습니다. 또한 상업적 홍보에만 이용될 가능성도 우려됩니다.

특히 마지막 문장이 결정적이었다. 분명한 건, 레클리스가 정부가 제공하는 교통수단을 이용할 수 없다는 점이었다. 서둘러 다른 방법을 찾아야 했다.

답답한 시간이 흘러갔다. 슬슬 맥이 풀려 갈 무렵, 기어 대령에게 자신이 퍼시픽 트랜스포트사 사장 어니스트 깁슨이라며 전화가 걸려 왔다. 퍼시픽 트랜스포트는 미국 서부와 태평양 섬들 사이의 화물 운송 및 군수품 보급을 수행하는 회사였다. 한국전쟁에 쓰이는 군수품 수송도 맡고 있었다.

깁슨 사장은 잡지 〈더 새터데이 이브닝 포스트〉에 실린 레클리스 스토리를 읽고 감동을 받았으며, 레클리스를 미국에 데려오는 문제로 수석 부사장 스탠 코펄과 논의를 마쳤다고 했다. 하늘이 무너져도 솟아날 구멍은 있었다. 깁슨의 마지막 코멘트는 대령을 더욱 감동시켰다.

"우리는 레클리스가 한국전쟁에 기여한 공로에 감사하는 의미로 무료로 운송하기로 했습니다."

깁슨 사장은 내친 김에 운항 일정과 탑승할 배도 추천해 줬다. 날짜는 10월 22일, 일본 요코하마에서 출항하는 퍼시픽 트랜스포트호였다. 추천 이유는 배의 선장인 케네스 섀넌이 유독 말과 개를 사랑했기 때문이다. 섀넌 선장의 배에는 자신의 반려동물인 코커스패니얼이 승선 중이었다. 대령은 감사 인사와 함께 마구간과 사료 비용은 따로 부담하겠다고 전했다. 통화를 마친 후 기어 대령은 개에 대한 트라우마가 있는 레클리스 이야기를 깜박 잊은 게 생각났다.

깁슨 사장은 군수품 수송에 중요한 역할을 맡은 해운 회사 대표인 터라 군 내부 소식에 밝았다. 그는 레클리스의 미국행을 촉구하는 편지를 해병대 부사령관으로 진급한 페이트 장군에게 직접 보내기로 했다.

> 해병대가 이 작은 말을 미국으로 보내는 데 공적 자금을 쓸 경우 문제가 생긴다는 걸 잘 알고 있습니다. 제가 그 비용을 부담

하겠다고 약속한 것도 그 때문입니다. 레클리스의 법적 소유권은 에릭 페더슨 중위, 조 레이섬 병장, 먼로 콜먼 일병에게 있습니다. 현재 레클리스는 그들과 함께 있지 않습니다.

거래 내역에 따르면, 1952년 10월 26일 서울 신설동 경마장에서 에릭 페더슨 중위가 레클리스를 구입했습니다. 그와 동행한 윌러드 베리 병장, 필립 카터 일병은 페더슨 중위가 지휘하는 소대의 정찰병이었습니다. 페더슨은 레클리스를 구입하기 위해 자비 250달러를 지불했습니다.

1953년 봄, 페더슨 중위는 전출 명령을 받고 레클리스와 함께 이동하려 했습니다. 하지만 무반동총 소대원들의 간곡한 부탁으로 비용 일부만 받고 레클리스를 남겼습니다. 페더슨이 전출된 지 19개월이 지났지만, 당시 부대에 있던 해병 중 레클리스에 대한 상환금을 주장하는 사람은 없습니다.

현재 레클리스는 퍼시픽 트랜스포트호를 타고 미국으로 향할 준비를 완료했습니다. 이 배는 10월 22일 요코하마를 출발해 11월 5일 샌프란시스코에 도착할 예정입니다. 그 기간 동안 새넌 선장은 레클리스를 잘 보살피겠다고 약속했습니다. 장군님의 승인만 기다리겠습니다.

깁슨 사장의 배려는 거기서 그치지 않았다. 요코하마 지사의 고든 존스 지사장에게도 다음과 같은 편지를 보냈다.

> 조만간 도쿄 해병대 제1사단 재무국에서 연락이 올 겁니다. 요코하마에서 샌프란시스코로 운송할 유명한 말 한 마리에 대한 내용입니다. 1954년 10월 22일 출항 예정인 퍼시픽 트랜스포트호에 레클리스라는 말을 승선시킬 준비가 필요합니다.

*

두 통의 편지 내용은 곧장 실질적 조치로 이어졌다. 해병대는 레클리스가 탑승할 이동식 마구간을 준비했다. 마구간은 길이 3미터, 폭 1.2미터, 높이 2.5미터짜리로, 충분한 건초와 귀리, 침구가 제공될 예정이었다. 레클리스를 불안정한 바다 날씨로부터 보호하기 위해 배 후방에 마구간을 배치하라는 섬세한 지시도 추가됐다. 이 과정에서 가벼운 해프닝도 있었다. 해병대 재무국 입장에서는 일사천리로 진행되는 상황이 너무 버거웠다. 재무국을 관리하는 퍼거슨 대령은 “직원 두 명만 달랑 있을 뿐 망치도, 톱도, 못도 없는데 어떻게 한 달 만에 마구간을 만들라는 거냐”라며 투덜댔다. 다행히 존스 지사장이 대령을 잘 설득해 마구간 제작은 차질 없이 이루어졌다.

그사이, 페이트 장군에게서 고대하던 편지가 도착했다.

1954년 9월 9일 자 귀하가 보낸 편지를 통해 레클리스를 샌프란시스코로 운송하는 계획이 진행 중임을 알게 되어 기쁩니다. 해병대 입장에서는 이 계획을 반대할 이유가 전혀 없습니다. 우선 그 작은 말이 하사관으로 진급한 사진 두 장을 동봉합니다. 이 계획의 승인을 위해 한국 주둔 해병대 제1사단 지휘관 로버트 호거붐 장군에게도 편지를 보냈습니다. 귀하가 보낸 편지도 동봉했습니다. 6일 후, 아래와 같은 회신을 받았습니다.

"해병대 제1사단 제5연대 75밀리미터 무반동총 소대는 레클리스의 운송에 동의할 의사가 있습니다. 다만, 다음 조건을 충족해야 합니다.

첫째, 레클리스의 소유권은 제5연대 무반동총 대전차중대 75밀리미터 무반동총 소대에 있으며, 사단 전체가 미국으로 돌아갈 때까지 레클리스는 캠프 펜들턴에 머물러야 합니다.

둘째, 제5연대 무반동총 소대원 중 전사한 유족들을 위한 모금 행사에 레클리스의 이름을 사용할 수 있습니다.

셋째, 귀국 시 현재 레클리스를 관리하는 윌리엄 무어 일병이 동행해야 합니다.

위 내용에 대한 빠른 회신을 기대합니다.”

빠른 회신이라는 표현에 마음이 급해진 기어 대령이 레클리스의 소유권 문제를 논의하기 위해 페더슨 중위에게 장거리 전화를 걸었다. 페더슨은 현재 레클리스가 소속된 무반동총 소대원들이 소유권 문제에 다소 고압적 태도를 보인다고 느꼈다. 깁슨 사장이 편지에 적었듯, 현재 소대원들은 전쟁이 한창일 때 한국에 근무하지도 않았다. 레클리스를 관리하고 있다는 윌리엄 무어 일병조차 휴전협정 체결 전까지는 소대 소속이 아니었다. 페더슨과 대령은 전화나 전보만으로 이 문제를 해결할 수 없다고 생각했다.

물론 가장 중요한 과정은 레클리스를 퍼시픽 트랜스포트호에 태우는 일이었다. 미국으로 보내는 건 모두가 동의한 사실이었다. 동행할 무어 일병의 탑승권도 이미 구매를 끝냈다. 코펄 부사장이 무어 일병까지 무료로 태울 순 없다고 했지만, 미국 정부의 우편 보조금 계약 조건으로 해결할 수 있었다.

한국에서는 호거붐 장군이 레클리스를 어떻게 일본까지 운송할 것인지 파악 중이었다. 우선 해병대 제1사단 항공대에 레클리스 운송을 맡을 수 있는지 문의했다. 이를 접수한 항공대는 전례 없는 상황에 모두가 혼란에 빠졌다. 우선 ‘날아다니는 화물칸'으로 불리는 R4Q 수송기에 말을 태우는 일이 가능한지부터 논쟁거리였다. 주로 군사 장비와 인력 수송, 공수작전에 활용되는 이 수송기는 지프, 105밀리미터 곡사포, 전쟁 물자를 실은 적은 있지만 살아 있는 동물이나 가축을 운반한 적은 한 번도 없었기 때문이다. 만약 레클리스를 태운다면 수송 매뉴얼을 재정비하고 시뮬레이션도 거쳐야 할 판이었다.

오랜 협의 끝에 '레클리스 수송작전' 매뉴얼이 정리됐다. 해병대 제1사단 항공대 E. A. 몽고메리 참모장이 아래와 같이 공식 통신문을 정리해 보고했다.

본부

해병대 제1사단 항공대, 함대해병부대

샌프란시스코 함대 우체국

1954년 10월 16일

메모

발신: 해병대 제1사단 항공대 참모장

수신: 해병대 제1사단 참모장

제목: 말 수송작전(Operation Horse Shipping)

참조: a) 1954년 10월 12일 자 해병대 제1사단장 메모

b) 1954년 10월 13일 07시 45분 자 해병대 제1사단 항공단 전송

c) 해병대 지시 No.111

특정 인력, 물류 및 의료 사항이 누락될 경우가 있어 a)의 요청에 따라 귀하의 조치를 위해 아래와 같이 언급합니다.

1. 현 수송기 승객의 성별이 명시되지 않았습니다. 규정상 해군 수송기의 여성 승객은 반드시 바지형 제복을 착용해야 합니다. 남성 승객은 최근 제복을 착용해야 하며, 휘장은 선택 사항입니다. 모든 승객은 인식표를 달아야 하고, 술에 취해 있어서는 안 됩니다.

2. 수송기에서는 식사를 제공하지 않습니다. 현재 C-레이션은 말에게 적합한 음식을 포함하지 않으니, 육군 제1기병사단에 조언을 구할 것을 권합니다.

3. 적재에 대한 책임은 우리 측 소관 사항이나 하역 시 발생하는 문제와 해결은 귀하의 책임입니다.

4. 한국으로 돌아오는 승객은 출발 전 변형된 말라리아 예방접종을 받아야 합니다.

5. R4Q 수송기 탑승자는 비행 전 낙하산을 착용해야 합니다. 착용이 어려울 경우, 창의적 해결 방법을 기대합니다.

6. 동물 안전을 보장하는 예방 조치에 대한 언급이 있습니다. 말의 움직임이 비행기 안전에 영향을 미칠 수 있음을 염두에 두고, 예기치 않은 사고를 방지하기 위한 조치가 필요합니다.

E. A. 몽고메리

해병대 제1사단 항공대 참모장

*

레클리스가 미국으로 온다는 소식은 페더슨, 라이블리, 콜먼, 레이섬, 멀은 물론이고 페이트 장군에게도 전해졌다. 모두의 바람이 현실이 됐다는 사실이 꿈만 같았다. 페더슨과 라이블리는 레클리스를 태울 트레일러를 준비하기로 했다. 콜먼은 유타에서, 레이섬과 멀은 페더슨에게 전화해 대륙을 횡단해 샌프란시스코로 가겠다고 했다.

하지만 미국 입국까지는 아직 넘어야 할 허들이 많이 남아 있었다. 항공기와 해상 운송 기술이 점점 발전한다고 해도 동물 운송은 절차가 까다롭고 규제도 많았기 때문이다. 말의 건강을 위한 수의학적 검진, 수출입 서류 준비, 운송 중 돌봄, 미국 도착 후 검역까지 모든 과정에서 세심한 준비가 필요했다.

한국을 떠나 일본에 도착하는 건 해결됐으니 기어 대령은 미국 입국 절차를 확인해야 했다. 첫 번째 허들은 관세청이었다.

"해병대 군마에게 어떤 관세를 부과할 예정입니까?"

"군마라고요?"

"그렇습니다. 한국에서 온 레클리스라는 말입니다."

"아, 그 말이군요! 〈더 새터데이 이브닝 포스트〉에서 읽었습니다."

"네, 맞습니다."

"좋습니다, 대령님! 신고한 모든 물품과 함께 레클리스도 배에서 내리면 됩니다. 레클리스의 가치를 50달러로 신고하면, 관세로 3.75달러가 부과될 것입니다. 단, 제가 레클리스의 가치를 50달러로 정했다는 건 비밀로 해 주십시오."

"알겠습니다."

두 번째 허들은 농무부였다. 레클리스는 배에서 내리기 전 수의사의 검진과 검사를 받아야 했다. 혈액을 채취한 뒤 샘플 분석을 위해 워싱턴 D.C.로 보내야 했고, 소변과 점막 마비 증상도 검사해야 했다. 소변검사 결과가 나쁠 경우, 정식 허가를 받을 때까지 배나 부두에 머물러야 했다.

"캘리포니아에 그런 분석을 할 수 있는 실험실이 있습니까?"

"없습니다."

“왜 없죠?”

“지난 50년 동안 이런 사례는 생각도 못 했으니까요.”

“그렇다면 레클리스는 항구에 도착해도 일주일 동안 배나 부두에 머물러야 한다는 건가요?”

“선박 요금이 아닌 항공 요금을 지불한다면 72시간 정도로 단축할 수 있어요.”

“레클리스는 10일 저녁에 열리는 행사에 초대받았어요. 어떻게든 빠른 시간 내에 격리에서 벗어나야 합니다.”

레클리스가 미국에 온다는 소식을 듣자마자 해병대 메모리얼 클럽의 에번스 에임스 소장은 11월 10일에 열리는 해병대 창설 기념 파티에 레클리스를 초대했다.

“그날 이 말이 무엇을 하나요?”

“레클리스는 명예로운 VIP 자격으로 초대받았습니다.”

“그래도 어쩔 수 없어요. 만약 허가 없이 데려간다면 벌금을 크게 물을 겁니다.”

“잠시만요. 당신의 상사가 누구인지 물어봐도 될까요?”

“농업연구국 동물검역 본부 구딩 박사입니다.”

촌각을 다투는 상황이라 구딩 박사에게 곧장 전보를 보냈다.

얼마 후면 일본을 떠나 샌프란시스코에 도착하는 말이 있습니다. 이 말은 1952년부터 미 해병대 제1사단에서 복무했으며, 캘리포니아 오션사이드에 있는 캠프 펜들턴으로 이동해야 합니다. 시간을 아끼기 위해 일본 요코하마에서 미리 채취해 놓은 혈액 샘플을 검사해 주실 수 있을까요?

구딩 박사의 답변은 단호했다.

일본에서 채취한 혈액 샘플을 받아들일 수 없습니다. 그 대신 샌프란시스코에서 채혈한 후 캠프 펜들턴으로 이동하는 걸 허용하겠습니다. 추후 검사 결과가 나쁘거나 점막 마비 증상이 나타나면 즉시 일본으로 돌아가야 할 것입니다.

샌프란시스코로 향하는 바다 상황도 말썽이었다. 섀넌 선장은 심상치 않은 태풍이 다가오고 있다고 본사에 보고했다. 상륙작전 훈련으로 상륙정에 오른 레클리스가 뱃멀미로 고생한 사실을 알고 있는 해병들은 노심초사했다.

한편 미국 주요 뉴스 매체는 앞다퉈 레클리스의 귀국을 홍보하기 시작했다. 〈뉴욕 헤럴드 트리뷴(New York Herald Tribune)〉*

• 1924년에 창간해 1966년에 폐간된 미국 일간지.

과 TV, 라디오를 넘나든 기자 밥 컨시딘이 물꼬를 텄다. 그는 한국전쟁의 실상을 현장에서 생생하게 리포트해 이름값을 높이고 있었는데, 자신이 직접 진행하는 라디오 방송에서 레클리스의 귀국 환영 캠페인을 시작했다. 〈뉴욕 데일리 뉴스(New York Daily News)〉* 기자 에드 설리번도 레클리스에 관한 칼럼을 쓰고 자신의 TV 쇼에 출연하면 좋겠다는 전보를 보냈다.

하지만 태풍으로 운항이 지연되면서 샌프란시스코 입항은 예정일을 넘겨야 했다. 레클리스가 자신의 쇼 무대에 설 수 있을 거라 기대한 설리번은 아쉬운 마음을 달래야 했다. 주요 매체들이 레클리스에 대한 기사를 쏟아 내자 정치인들도 환영 메시지를 보내기 시작했다. 캘리포니아 주지사 굿윈 J. 나이트 역시 공식 환영문을 발표했다.

> 캘리포니아 행정부는 미 해병대와 함께 한국에서 돌아오는 레클리스 하사를 환영합니다. 레클리스는 해병대 제1사단 병사들과 함께 치열한 전투를 치르고 부상을 입으면서도 임무를 완수했습니다. 옆구리에서 피가 흘렀지만, 한국의 산과 언덕을 오르내렸습니다.

• 미국 뉴욕주에서 발행하는 타블로이드 일간지.

무엇보다 이 영웅적인 동물의 집으로 캘리포니아가 선택된 것을 자랑스럽게 생각합니다. 이 불꽃같은 작은 암말은 미래의 해병대와 함께할 것이며, 그들에게 셈퍼 피델리스 정신을 심어줄 것입니다.

1954년 11월 1일

캘리포니아 주지사 굿윈 J. 나이트

*

11월 9일, 레클리스 도착 하루 전. 트레일러를 끌고 캠프 펜들턴을 출발한 페더슨 중위와 라이블리가 샌프란시스코에 도착했다. 콜먼 역시 유타에서 먼 거리를 달려왔다. 레클리스를 궁금해하는 아내와 함께였다. 레이섬과 멀은 거리가 너무 멀어 함께할 수 없다는 연락을 보냈다.

늦은 밤, 해병대가 레클리스 환영 파티 준비를 위한 회의를 진행하고 있었다. 회의 중 전화벨이 울렸다. 섀넌 선장이었다. 무슨 일이지? 레클리스에게 문제가 생겼나? 모두의 시선이 전화기로 쏠렸다.

섀넌 선장의 목소리엔 힘이 없었다.

"대령님, 레클리스에 대해 전할 얘기가 있습니다."

"무슨 일입니까?"

"혹시 퍼레이드를 계획하고 있다면…"

선장의 목소리가 점점 희미해졌다.

"네, 선장님. 뭐라고 하셨죠? 잘 안 들립니다!"

"-------------------------."

통화 중인 기어 대령의 귀가 수화기 안으로 빨려 들어갈 것 같았다. 통화를 마친 대령의 표정이 잔뜩 굳어 있었다. 조바심이 난 페더슨이 물었다.

"나쁜 소식인가요?"

"레클리스가 제복을 먹어 치운 모양이야. 리본까지. 아예 누더기를 만들었다고 하네. 제복을 입히면 절대 혼자 두지 말라고 그렇게 얘기했는데… 분명 무어 일병이 관리를 소홀히 한 거야. 바보 같은 녀석."

"그게 전부인가요?"

"태풍이 불면서 레클리스가 마구간에서 쓸려 나갔고, 한참을 찾은 후에야 갑판에서 발견됐다는군."

"무어 일병이 미리 챙겼다면 막을 수 있었을 텐데. 정말 한심한 놈이네요."

페더슨이 어금니를 꽉 깨물고 얘기했다. 그 자리에 있던 모두가 같은 심정이었다.

“일단 부두에 진을 칠 사진기자들을 위해 새로운 제복이 필요하겠군. 아침 일찍 유니언 스퀘어로 가서 안장 가게를 찾아봐. 올슨 놀테라고, 샌프란시스코의 오래된 랜드마크야. 거기라면 우리가 원하는 걸 갖고 있을 거다. 리본은 금세 만들면 되고, 나머지 준비도 무사히 끝낼 수 있겠지.”

*

다음 날 페더슨과 라이블리가 아침 일찍 올슨 놀테를 찾아갔다. 매장 매니저는 레클리스가 온다는 소식을 잘 알고 있었다. 그는 제복을 대신할 담요, 고삐, 말빗과 솔, 사료를 무료로 기부하겠다고 했다. 그는 웃으며 말했다.

“우리 아이들이 레클리스가 실린 기사를 읽었어요. 제가 뭔가 하지 않으면 집에 못 들어오게 할 것 같아요.”

마침내 레클리스를 실은 배가 샌프란시스코항에 도착했다. 페더슨과 소대원들이 미리 배에 올랐다. 레클리스가 마구간 기둥 옆에 살짝 긴장한 모습으로 서 있었다. 페더슨, 라이블리, 콜먼이 차례로 다가가자, 레클리스가 고개를 끄덕이며 반갑다는 신호를 보냈다. 선원들이 그 뭉클한 재회를 지켜봤다. 한동안 떨어져 있었다고 생각할 수 없는, 서로를 분명하게 기억하고 있다는 걸 누구나 알 수 있었다.

기자들에게 레클리스를 공개하기 위한 준비가 시작됐다. 일단 콜먼이 샴푸로 발을 깨끗이 씻겼다. 수의사 뉴얼 중위가 채혈하기 위해 조금 일찍 도착했지만, 정부 관리들이 도착할 때까지 대기해야 했다. 농무부 소속 검사관과 직원들이 도착했고, 그제야 뉴얼 중위가 채혈을 시작했다. 뉴얼의 걱정은 채혈 과정에서 레클리스 머리가 갑판 난간에 부딪히지 않을까 하는 거였다. 페더슨이 그에게 말했다.

"걱정 말아요. 레클리스는 괜찮을 거예요."

정작 레클리스는 옆에 놓인 자신의 군모를 신경 쓰고 있었다. 눈치 빠른 라이블리가 재빨리 군모를 치웠다. 무사히 채혈을 마친 중위가 혈액 샘플을 들고 떠났다.

최종 방역을 마친 레클리스가 기자들과 조우할 준비를 마쳤다. 방역 구역 앞에는 이미 수많은 기자로 발 디딜 곳이 없었다. 한 베테랑 기자가 이렇게 말했다.

"장관이군. 일주일 전 닉슨 부통령이 방문했을 때보다 카메라맨과 기자가 더 많은 것 같아."

레클리스는 자신을 향한 카메라 플래시와 기자들의 관심을 즐기는 듯했다. 여러 해병과 포즈를 취하며 당근을 먹는 등 사진기자들이 요구하는 다양한 포즈에 순순히 응했다. 마침내 레클리스의 마구간을 들어 올릴 크레인이 가동되기 시작했다. 일본 요코하마항을 떠난 지 정확히 20일. 드디어 레클리스가 미국 땅을 밟는 순간이었다.

*

입대 후 정확히 24개월. 드디어 레클리스가 캘리포니아 땅을 밟았다. 뉴스 매체의 스포트라이트가 온통 레클리스를 향했다. 환영 행사에 참석하기 위해 10층 연회장으로 올라가는 엘리베이터를 탈 때도 레클리스는 마치 자기 차에 오르는 듯 자연스러웠다. 연회장에는 400여 명의 축하객이 기다리고 있었다. 카메라 플래시가 박격포처럼 터져 나왔다. 레클리스가 당당하게 헤드 테이블로 향하더니 자신을 위해 준비한 음식을 먹기 시작했다. 테이블 위에 놓인 장식용 장미꽃과 카네이션도 예외가 아니었다.

공식 케이크 커팅식이 시작됐다. 해병대 전통에 따라 첫 번째 케이크 조각은 가장 명예로운 해병에게 주어졌다. 주인공은 레클리스였다. 그 결정에 이의를 제기할 사람은 아무도 없었다. 첫 번째 케이크 조각은 레클리스의 차지였다. 연회는 자정을 넘어서야 끝났고, 페더슨과 라이블리가 레클리스를 7번 부두에 있는 마구간으로 데려갔다.

다음 날도 스케줄이 이어졌다. 아침에는 샌프란시스코 남부 데일리시티에 있는 다목적 실내 경기장인 카우 궁전에서 위대한 공연을 펼쳤다. '소들을 위한 궁전'이라는 이름의 공간에서 레클리스는 거들먹거리며 걷는 동작, 연속해서 빙글빙글 도는 회전, 페더슨을 쓰러뜨릴 듯 돌진하다 멈추는 동작까지 다양한 액션을 선보였다. 관중 모두가 레클리스의 영리함과 연기력에 감탄했다.

오후에는 보헤미안 클럽 회원 가입식에 참석했다. 클럽은 사람들로 북적대고 있었다. 이날은 보헤미안 클럽 역사상 최초로 여성이 클럽 룸에 입장한 날로 기록됐다. 그 주인공은 레클리스였다. 클럽 행사를 마친 후, 페더슨과 라이블리는 앤드루 기어 대령에게 작별 인사를 하고 캠프 펜들턴으로 떠났다.

이제 남은 건 레클리스가 어떻게 하면 캠프 펜들턴에서 안전하고 평화롭게 지낼 수 있을까 하는 것이었다. 앤드루 기어 대령은 레클리스의 미래를 논의하는 내용을 꼼꼼하게 정리해 해병대 사령관에게 보내기로 했다. 거기에는 레클리스의 공식적 관리에 관한 내용, 복지와 미디어 노출, 그리고 번식에 대한 내용이 빼곡하게 적혀 있었다.

짧지 않은 내용을 모두 공개하는 건 그들이 레클리스라는 존재를 얼마나 깊이 사랑했는지 알 수 있는 소중한 자료이기 때문이다. 계약서 항목처럼 쓰여 있으나 중간중간 미소 짓게 만드는 내용도 있다는 걸 미리 귀띔한다.

1954년 11월 19일

발신: 앤드루 C. 기어 대령

수신: 해병대 사령관

미국 해병대 본부 워싱턴 25, D. C.

제목: 레클리스 하사

참조: 해병대 제1사단장

1. 참고 자료

a. 소유권: 레클리스 하사의 소유권은 미 해병대 제1사단 제5연대 대전차중대 75밀리미터 무반동총 소대에 있습니다.

b. 캠프 펜들턴 주둔: 레클리스 하사는 해병대 제1사단이 한국에서 돌아올 때까지 캠프 펜들턴에 주둔해야 합니다.

c. 기금 사용: 레클리스 하사가 미디어에 출연해 발생한 기금은 사망한 무반동총 소대원의 유가족을 위해 사용해야 합니다.

d. 동행인: 윌리엄 무어 일병이 레클리스 하사와 미국까지 함께합니다.

2. 소유권

미리 밝히고 싶은 사실은 현재 소대원의 소유권 주장은 근거가 부족하고 불공평하다고 여겨집니다. 현재 레클리스 하사와 함께하는 해병들은 레클리스가 처음 해병대에 입대할 당시 한국에 있지 않았고, 페더슨 중위가 레클리스를 구입할 때도 참여하지 않았습니다. 특히 무어 일병이 1953년 3월부터 무반동총 소대에 있었다는 주장은 거짓입니다. 그는 휴전협정 이후 소대에 합류했습니다. 따라서 레클리스의 소유권은 베가스 고지 전투에서 생사를 함께한 수백 명의 해병에게 있다고 가정할 수 있습니다.

3. 레클리스 하사의 거주, 관리 및 사육

a. 캠프 펜들턴 주둔: 레클리스 하사는 캠프 펜들턴에 주둔해야 한다는 점에 동의합니다. 하지만 레클리스는 평범한 말이 아니므로 특별한 관심과 보호가 필요합니다. 레클리스는 크고 고급스러운 마구간을 가져야 하며, 넓은 목초지에서 최상의 풀을 제공받아야 합니다. 마구간은 사령관 숙소 근처에 있어

야 하며, 누구나 이곳이 해병대의 자랑인 레클리스의 집임을 알 수 있도록 표시가 필요합니다. 페더슨 중위와 라이블리 병장은 레클리스의 관리 임무를 부여받아야 하며, 누구도 레클리스를 평범한 말처럼 취급해서는 안 됩니다.

b. 건강 관리: 한국에서 부상당한 이력이 있는 만큼 레클리스 하사의 허리와 다리가 약해질 가능성이 있습니다. 체중 60킬로그램 이상인 사람은 절대 레클리스에 올라타서는 안 되며, 가벼운 운동과 훈련만 허용해야 합니다. 또한 레클리스는 6개월마다 철저한 신체검사를 받아야 하며, 개를 두려워하므로 가까이 두지 않아야 합니다.

c. 발 관리: 캠프 펜들턴에 도착하면 6주간 편자를 떼고 맨발로 다닐 수 있게 해야 하며, 이후 발굽을 손질하고 편자를 새로 박아야 합니다. 레클리스 하사는 발을 매우 소중히 여겨 비전문가의 관리는 거부할 것이므로 적절한 기술자를 고용해야 합니다.

d. 털 관리: 레클리스 하사는 매일 털 관리를 받아야 하며, 갈기와 발 털도 신경 써야 합니다. 한국에서는 비전문가의 손길로 인해 갈기와 발 털이 너덜너덜해졌지만, 적절한 관리를 받아 건강을 회복할 수 있을 것입니다.

e. 숙소 관리: 사령부 당직 장교는 24시간마다 한 번씩 레클리

스 하사와 숙소를 점검해야 합니다. 레클리스의 한국인 주인은 매우 숙련된 조련사이자 기수로, 한국전쟁이라는 슬픈 상황이 아니었다면 페더슨 중위가 1952년 10월에 레클리스를 살 수 없었을 것입니다. 레클리스는 한국인 주인에게서 사람을 신뢰하는 법을 배웠습니다. 이 신뢰 덕분에 레클리스는 좋은 사람이면 그가 시키는 일을 무조건 따르곤 했습니다. 레클리스가 처음 페더슨을 만났을 때, 작은 지프 트레일러에 올라타고 50킬로미터를 달린 것도 바로 그 때문입니다. 레클리스는 왜 콜먼 일병과 함께 포화가 쏟아지는 전선을 왕복하며 임무를 수행했을까요? 그리고 왜 미국에 도착한 첫날, 사람들로 가득 찬 연회장에서 아무렇지 않게 작은 엘리베이터를 타고 10층까지 올라갔을까요?

f. 관리병 선정: 레클리스 하사가 해병대원이라는 이유로 모든 해병을 좋아하는 것은 아닙니다. 한국에서 전투에 참여할 당시, 레클리스는 제5연대 무반동총 소대원들을 가장 좋아했습니다. 다른 두 부대 해병대원들도 레클리스를 사랑했지만, 근무 교대가 이루어져도 레클리스는 불평하지 않았습니다. 따라서 레클리스를 돌볼 새로운 해병은 신중하게 결정해야 합니다. 레클리스는 긍정적 성향을 지녔으므로 특정한 해병에게 비호의적 반응을 보이면 이를 주위에 알릴 필요가 있습니다.

g. 음료와 사료: 레클리스 하사는 물 외에 몇 가지 특정 음료를 즐깁니다. 레클리스는 코카콜라와 우유, 심지어 가루 우유도 좋아하며, 전투 스트레스 속에서도 맥주를 마신 것으로 알려져 있습니다. 다만 모든 음료는 병이 아닌 물컵으로 제공해야 합니다. 병 뚜껑을 물어뜯는 버릇이 있어 위험할 수 있습니다. 콜라는 일주일에 2~3잔 정도로 제한하며, 우유는 반드시 제공해야 합니다. 일반 사료는 곡물과 알팔파를 제공하며, 가끔 소금을 넣지 않은 스크램블드에그 한 접시를 건네도 됩니다. 또한 레클리스는 당근·사과·설탕을 좋아하며, 김치도 즐기지만 남부 캘리포니아에서는 구하기 어려울 수 있습니다.

h. 레클리스 하사는 소금을 조금도 먹지 않을 것입니다. 소금은 곡물이나 달걀에 소량 넣어야 하며, 한 번에 너무 많이 사용해서는 안 됩니다.

4. 레클리스 하사의 미디어 출연 및 기금 사용

참고 자료 c. 항목에 따르면, TV나 영화 출연을 통해 레클리스 하사가 벌어들인 수익을 어떻게 처리할 것인지 논의하는 데 많은 시간이 소요될 것입니다. 무반동총 소대의 전사자 유족에게 모든 기금을 사용하는 것은 현실적으로 불가능합니다. 특히 레클리스가 무반동총 소대에 합류한 1952년 10월 26일부터 휴전협정이 체결된 1953년 7월 27일까지 사망한 소대원 만으로 한정하는 건 문제가 될 수 있습니다. 따라서 레클리스가 벌어들일 수익은 해병대 제1사단의 '한국 기금'에 예치하는 것이 좋다고 생각합니다. 이 기금은 한국에서 전사한 해병대 유가족을 지원하고 교육하는 목적으로 설립한 협회로, 이미 공인받은 단체입니다.

a. 레클리스 하사의 공식 행사 참여를 관리하는 위원 네 명이 소속된 위원회를 구성해야 합니다. 위원 구성은 다음과 같습니다.

1) 미 해병대 사령부 공보국장

2) 뉴욕 해병대 공보관

3) LA 해병대 공보관

4) 캠프 펜들턴 사령관

b. 레클리스 하사의 미디어 공개 출연과 관련해 레클리스의 용맹함을 헤치는 프로그램은 절대 출연해서는 안 됩니다. 상업적으로 후원받는 맥주·와인 등 주류 관련 프로그램에도 출연하지 않아야 합니다. 다만, 레클리스가 제품을 정말 좋아한다면 철저한 검토 후에 출연해야 합니다. 레클리스는 다음과 같은 자선단체에는 무료로 출연할 수 있습니다.

1) 해군구조대(Navy Relief)

2) 다임의 행진(March of Dimes)

3) 한미재단(American-Korean Foundation)

c. TV나 영화 제작에 대한 신중한 고려가 필요합니다.

1) 할리우드 제작자 아무개는 레클리스 하사가 프랜시스처럼 말하는 노새 같은 역할을 맡길 원하고 있습니다. 하지만 레클리스와 프랜시스 사이에는 큰 차이가 있습니다. 하나는 할리우드 코미디언이고, 다른 하나는 피비린내 나는 전장에서 명예를 쌓은 미 해병대 소속 영웅이라는 사실입니다.

2) TV 제작자 아무개는 레클리스 하사를 26회 분량의 프로그램에 출연시켜 엄청난 수익을 얻으려 했습니다. 그러나 그에게 해병대 기금에 얼마를 기부할 것인지 묻자 "없다"고 답했습니다. 레클리스가 무보수로 광고에 출연하게 된다면 다른 프로그램에 기부금을 요청하는 일은 어려울 것입니다. 제품 광고 출연료는 1천 달러로 책정할 것을 제안드립니다. 이는 진심으로 레클리스를 미국인에게 보여 주고 싶어 하는 사람들 외에는 접근하지 않도록 하기 위해서입니다.

5. 레클리스 하사의 미래와 번식 가능성

a. 레클리스 하사의 번식을 신중하게 고려해야 합니다. 짝을 고를 때는 최고의 자질을 갖춘 말이어야 하며, 레클리스보다

큰 말이어서는 안 됩니다. 몽골 또는 아랍 품종의 말을 추천합니다. 첫 번째 망아지의 소유권을 요청하며, 그에 대한 모든 비용을 지불한 후 해병 기금에 적절한 기부금을 내겠습니다.

b. 행운과 사랑이 함께한다면, 레클리스 하사는 오랜 세월을 살면서 여러 마리의 망아지를 낳을 것입니다. 캘리포니아 주지사 굿윈 J. 나이트의 환영사가 이를 잘 표현하고 있습니다.

얼마 후, 앤드루 기어 대령에게 미 해병대 사령부 직인이 찍힌 편지 한 통이 도착했다. 발신자는 레클리스의 친구이자 가장 높은 지위에 오른 페이트 장군이었다.

친애하는 대령님께

1954년 11월, 사령관 앞으로 보낸 당신의 편지를 매우 흥미롭게 읽었습니다. 레클리스 하사의 보살핌과 복지에 대한 당신의 생각은 한국전쟁에서 용감하게 싸운 레클리스 하사에게 존경심을 표하는 미 해병대 제1사단의 많은 참전 용사에게 감동을 안겨 주고 있습니다.

당신의 편지 사본을 호거붐 장군에게 전달했으며, 레클리스 하사에 대한 계약상 합의 사항을 사령관에게 요청했습니다. 모두가 만족할 만한 조건을 마련할 수 있기를 바랍니다.

캠프 펜들턴 해병 기지 존 테일러 셀든 소장에게도 사본을 보냈으며, 당신이 제안한 특별한 관리 방안에 대한 그의 의견과 권고를 요청했습니다. 셀든 소장과 직접 만나 이 문제를 논의할 수도 있습니다.

레클리스 하사의 미디어 공개 출연과 관련해 특별 조언자로 봉사하겠다는 당신의 제안에 진심으로 감사드립니다. 당신이 제안한 공개 출연 검토 위원회는 해병대의 정상적 지휘 체계와 유사하기 때문에 추가 조정은 필요하지 않지만, 레클리스 하사가 대중 앞에 나설 때는 항상 당신이 제시한 조건을 검토할 것입니다.

나는 레클리스 하사가 캠프 펜들턴에서 정당한 보살핌과 좋은 환경을 누릴 수 있도록 준비될 거라고 확신합니다.

진심을 담아,

미국 해병대 부사령관

R. 맥 페이트 중장

종(終)

2006년 미국의 한 여성 작가가 자신의 인생 여정을 뒤흔들 꿈을 꿨다. 8년 동안 마구간에 갇힌 말을 죽기 전에 자유롭게 풀어 주는 꿈이었다. 작가는 자신이 8년 동안 완성하지 못한 소설이 꿈에 반영된 거라 대수롭지 않게 생각하다 책장으로 눈길이 향했다. 거기엔 한국전쟁 당시 해병으로 복무한 말의 이야기를 다룬 책이 꽂혀 있었다. 작가는 지금까지 자신이 발견한 가장 위대한 말 이야기라고 생각하고 자료를 찾기 시작했다. 이 작가의 이름은 로빈 허턴이다.

로빈 허턴의 인생을 뒤바꾼 말은 레클리스였다. 책을 쓰기 위해 자료를 찾고 해병들을 만나던 작가는 어느 날 레클리스를 기념할 동상을 제작하면 어떨까 하는 아이디어를 떠올렸다. 레클리스가 해병이니 해병대 출신 조각가가 작업하면 좋겠다는 생각에 밥 로저스에게 전화했다. 밥 로저스는 자신보다 더 적합한 조각가 몇 명을 추천했다. 각각의 조각가와 대화를 나눈 허턴의 마음을 사로잡은 이는 조슬린 러셀이었다. 러셀은 야생동물과 역사적 인물을 사실적으로 구현하는 유명 청동 조각 예술가였다. 둘은 곧장 의기투합했다.

러셀은 레클리스의 동상을 만들기 위해 한국전쟁 당시 상황과 해병대원들이 겪은 전투 경험을 심도 있게 살폈다. 제작 과정의 핵심이 사실적 묘사와 디테일에 있다고 생각했기 때문이다. 로빈 허턴과 처음 만난 날부터 첫 동상 제막식이 열리기까지 걸린 시간은 총 7년이었다. 동상은 레클리스보다 조금 큰 높이 3.25미터로, 미 해병대 국립박물관 셈퍼 피델리스 기념공원을 시작으로 총 6점이 제작됐다. 캘리포니아주 캠프 펜들턴, 켄터키주 호스 파크, 일리노이주 배링턴 힐스, 텍사스주 포트 워스, 플로리다주 월드 이퀘스트리언 센터가 그곳으로 동상은 모두 조슬린 러셀이 만들었다.*

- 조슬린 러셀은 조각가로서 수많은 작품을 만들었지만 그중 가장 유명한 작품은 레클리스 청동상이다.

캠프 펜들턴에 자리 잡은 레클리스는 전담 관리병들과 여유로운 시간을 보냈다. 해병대와 가족들의 방문이 있는 날이면 하이킹과 퍼레이드에 참여하기도 했다. 레클리스는 이 행사에 빠질 수 없는 인기 스타였다. 관리병들의 우려 중 하나는 방문객이 레클리스에게 사과와 당근을 지나치게 많이 준다는 점이었는데, 근무하는 내내 레클리스가 당뇨병에 걸리지 않을까 걱정스러웠다.

레클리스는 이곳에서 새끼 네 마리를 낳았다. 1957년에 피어리스(Fearless)를 낳았고, 그 이후 돈틀리스(Dauntless), 체스티(Chesty), 그리고 1965년경 마지막 새끼를 낳았다. 이 말은 유일한 암말이었으며 태어난 지 한 달 만에 죽은 것으로 전해진다.

레클리스는 6년간 캠프 펜들턴 생활을 마치고 1960년 11월 10일에 완전한 해병대 군 예우를 받으며 전역했다. 이후에도 캠프 펜들턴에서 해병대 마스코트로 꾸준히 인기를 끌었다.

1968년, 울타리를 뛰어넘던 레클리스가 큰 부상을 입었다. 해병대 수의사들이 부상을 치료하는 데 최선을 다했지만 쉽게 회복되지 않았다. 한국전쟁 초기 피란 생활부터 1953년 3월에 치른 베가스 고지 전투에 이르기까지 레클리스가 겪은 일들을 떠올리면 회복이 더딘 이유가 이해됐다. 게다가 레클리스의 나이는 이미 스무 살로 노년에 접어들고 있었다. 수의사들은 레클리스의 고통을 조금이라도 줄이려면 안락사가 필요하다는 결론을 내렸다. 이는 해병대 사령관의 승인이 필요한 사안이었다.

그해 5월, 한국 이름 아침해이자 미 해병대 레클리스 하사가 숨을 거뒀다. 레클리스의 사망이 공식적으로 발표된 후 미국 신문들이 특집 기사를 편성해 레클리스를 추도했다. 페더슨, 콜먼, 레이섬, 라이블리, 멀 모두 상심했지만, 레클리스를 만날 때마다 발굽과 몸 상태를 꼼꼼히 살피던 폴록 장군의 슬픔은 누구보다 컸다. 폴록 장군은 이후 10년 동안 레클리스 기념비가 있는 마구간을 찾아 헌화했다.

1997년, 미국을 대표하는 사진 저널리즘 잡지이자 20세기 중반의 주요 역사적 순간을 기록해 영향력을 넓힌 〈라이프(Life)〉가 특별호를 펴냈다. 주제는 '영웅들의 전당'으로, 미국 역사에서 중요한 역할을 한 인물들을 소개했다. 조지 워싱턴, 에이브러햄 링컨, 엘리너 루스벨트 같은 쟁쟁한 인물 사이에서 레클리스 하사도 명단에 당당히 이름을 올렸다.

•

추천의 글

1990년 3월 강원도 양구 휴전선 부근에서 땅굴이 식별되었다. 역갱도를 파 내려가 보니 지하에서 북한의 땅굴과 연결되었다. 북한은 우리 군의 역갱도 굴설을 알고 부비트랩(건드리면 폭발하는 장애물)을 설치한 후 도주한 상태였다. 군 수색팀이 동반한 군견을 먼저 보내 땅굴을 탐지하는 과정에서 부비트랩이 폭발해 군견은 장렬하게 산화했다. 그 군견이 바로 헌트다. 헌트의 희생으로 수색팀은 단 한 명의 인명 손상 없이 임무를 완수했다. 이후 헌트는 소위 계급으로 추서되었고, 사건이 있었던 땅굴 입구에 동상이 세워졌다.

그렇다면 군견 헌트가 우리 군사에서 추모해야 할 유일한 대상일까? 지금으로부터 70여 년 전, 한국전쟁 당시에는 군마 레클리스가 있었다. 매년 5월이 되면 육군 제25사단은 한미 참전 용사와 가족들을 초청해 네바다 전초 전투를 상기하는 행사를 개최한다. 네바다 전초 전투는 1953년 판문점 동북방 16킬로미터 지점인 경기도 연천군에서 미 해병대 제1사단과 중공군이 격돌한 전투다. 나는 사단장 재직 당시 이 행사에서 군마 레클리스의 존재를 처음 알게 되었다. 그 행사에 참석한 참전 용사의 유족들이 레클리스의 이야기를 생생하게 들려주었다.

"작전은 전투를 하고 군수는 전쟁을 한다"라는 격언이 있다. 군 생활을 오래 할수록 병참에 대한 중요성을 인식하게 된다. 우리나라와 같은 산악 지형에서는 군수의 여러 기능 중에 수송의 중요성이 부각된다. 한국전쟁 때 지게부대가 존재한 이유도 그래서다. 전시 수송은 일선의 전투 행위만큼이나 중요하므로 현대전에서도 지게부대와 유사한 조직을 전시 편성에 반영한다. 한국전쟁 당시 이런 중요한 역할을 한 것이 군마, 레클리스다.

아주 작은 균열이 확산되어 커다란 댐이 무너지는 것처럼 전투의 진행 과정도 유사하다. 한 지점의 돌파가 전체 방어선의 붕괴로 이어지므로 한 사람의 영웅적 희생이 전체 전투의 승패에 결정적 영향을 미친다. 네바다 전초 전투에서 레클리스는 적시 적소에 탄약을 보급해 공격과 방어를 지탱하게 함으로써 전투 승리의 바탕이 되었다.

미군의 레클리스를 대하는 태도에서 그들의 전쟁 영웅에 대한 인식을 느낄 수 있었다. 전투 중에 어떤 위험을 극복했는가, 얼마나 어려운 가운데 임무를 완수했는가, 그 임무가 전체 전투에 어떠한 영향을 미쳤는가. 그들은 이를 따져서 영웅을 가려내 추모한다. 동료와 가족들에게 영웅에 대해 일컫고, 영웅의 이야기는 대를 이어 전해진다. 그 대상이 사람이 아니고 동물일지라도 추모함으로써 전쟁에 대한 국민의 경각심을 높이고 군인의 전투 의지를 진작시킨다.

레클리스가 없었다면 네바다 전초 전투는 어떻게 되었을지 모를 일이다. 우리가 또 하나의 영웅 레클리스를 선양하고 추모해야 하는 이유도 여기에 있다. 늦게라도 한국전쟁의 영웅 레클리스를 조명하는 도서가 출간되어 크게 환영하며, 전쟁이 끝나지 않은 우리나라의 모든 국민이 일독하기를 권한다.

글로벌국방연구포럼 회장, 전 합참 작전본부장

안영호

추천의 글

지금으로부터 14년 전, 인천 연평도에 150여 발의 포탄이 떨어졌다. 불시에 가해진 북한의 포격이었다. 20분 간의 포격으로 섬 곳곳이 심각한 피해를 입었다. 그 와중에 섬 주민들을 방공호로 대피시킨 이들은 우리나라 군인들이었다. 철모가 불타 녹아내리는 상황에서도 방아쇠를 놓지 않았던 임준영 상병, 섬과 주민을 지켜 내는 데 목숨까지 내놓은 서정우 하사와 문광욱 일병, 다친 전우들을 구하기 위해 포화 속으로 뛰어든 차재원 하사와 조수원 일병. 그날 젊은 군인 2명이 목숨을 잃고 16명이 부상을 당했다.

우리나라에는 많은 영웅이 있지만 그들은 스스로를 영웅이라 말하지 않는다. 오늘날 대한민국은 국가와 국민을 위해 자신의 목숨까지 바친 조용한 영웅들 덕분에 평화와 번영을 이어가고 있다. 그러나 정작 사람들은 그들의 희생과 헌신을 너무도 빨리 잊어버리곤 한다. 많은 영웅이 좁고 어두운 단칸방에서 쓸쓸히 생을 마감한다는 사실도 알지 못한다. 이러한 현실 가운데 한국전쟁의 영웅을 기리는 이 책을 접하게 되어 너무도 반갑고 감사한 마음이다.

레클리스의 이야기는 조용한 영웅들의 가치를 되새기게 만든다. 전장의 한가운데서 미 해병대 군마로 활약한 레클리스는 포탄을 나르는 단순한 말이 아니었다. 적의 조준 사격에 아랑곳하지 않고 고지를 오르내리며 무거운 포탄을 전달한 레클리스는 용기와 헌신의 상징이었다. 피투성이가 되어서도 발걸음을 멈추지 않는 레클리스의 모습은 미 해병대원들에게 깊은 감동을 주었고 전투력과 사기를 끌어올렸다. 그들은 레클리스를 군마가 아닌 진정한 전우로 받아들였다. 전쟁이 멈춘 뒤, 미 해병대는 레클리스를 한국에 남겨 두지 않고 미국으로 데려가면서 전우를 향한 셈퍼 피델리스(Semper Fidelis, 영원한 충성) 정신을 보여 주었다.

레클리스의 이야기는 우리 주변에 숨은 영웅들을 기억하고 기리는 일의 중요성을 다시금 깨닫게 한다. 오늘날 우리가 누리는 평화와 번영은 조용한 영웅들이 만들어 준 것이다. 우리의 오늘을 위해 그들은 자신의 미래를 희생했다. 그런 그들을 우리가 잊는다면 그들이 남긴 가치 또한 잃어버리고 말 것이다. 나는 이 책을 읽으며 나의 군 생활에서 마주했던 수많은 조용한 영웅을 다시금 떠올렸다. 내가 군인으로서 40여 년의 시간을 보내는 동안 흐트러질 수 있었던 순간마다 마음을 다잡을 수 있었던 건 조용한 영웅들의 숭고한 헌신을 되새겼기 때문이다. 우리나라와 국민의 삶을 지켜 준 그들에게 끝없는 감사를 올린다.

끝으로, 어려운 시기에 이 책을 출간해 잊힌 영웅들의 이야기를 되살려 준 분들에게도, 김신영 작가와 김태웅 대표에게도 박수를 보낸다. 이 책이 전쟁 속에서 빛나던 레클리스뿐 아니라 우리 주변의 모든 영웅을 기억하고 기리는 초석이 되었으면 좋겠다.

전 한미연합군사령부 부사령관

안병석

발행 후기

40여 년간 출판사를 경영하면서 편집부의 의결 없이 독단으로 출간을 결정한 책이 몇 권 있다. 그중 하나가 아우슈비츠 수용소에서 살아남은 생존자 에디 제이쿠의 책이다. 부모를 가스실에서 잃고, 친구와 동료가 날마다 죽어 나가고, 인간의 존엄성을 철저하게 박탈당하는 참혹한 일을 겪었음에도 스스로를 "세상에서 가장 행복한 노인"이라고 말한 그의 이야기를 통해 하루하루를 충만하게 살아가는 법을 모두에게 알리고 싶었다. 계층 간, 지역 간, 세대 간의 끝없는 사랑과 희망, 용서와 화해가 우리 삶에 행복의 연료가 될 수 있다는 사실을 전하고 싶었다.

그로부터 몇 년이 지난 어느 날, 김신영 작가에게 레클리스의 이야기를 전해 들었다. 비록 한 마리의 말로 태어났지만 죽음조차 두려워하지 않고 연천 네바다 전초 전투를 승리로 이끈 일등 공신.

"레클리스는 중공군 포격과 1분에 500여 발의 총격으로 앞을 구분하기 어려운 상황 속에서도 탄약과 포탄을 끊임없이 지고 날랐습니다. 포성이 멈추고 연기와 화염 가득한 새벽 미명 속에서 군마의 실루엣이 희미하게 보였습니다. 저는 제 눈을 믿지 못했습니다. 그건 레클리스였고, 우리는 승리했습니다."

미국 국립 해병대 박물관에서 열린 레클리스 동상 헌정식에서 한국전쟁에 참여한 해럴드 워들리 예비역 병장이 한 말이다. 그의 말처럼 레클리스는 공로를 인정받아 퍼플 하트 훈장을 비롯해 10개가 넘는 훈장과 표창을 받았다. 〈국방일보〉 기사에 따르면, 미국의 저명한 잡지 〈라이프〉에 조지 워싱턴, 에이브러햄 링컨 등과 함께 미국 최고의 영웅으로 이름을 올렸다고 한다. 현재 미국 전역에는 레클리스의 동상과 기념관이 세워져 있다.

하지만 안타깝게도 우리나라에는 레클리스의 이름조차 아는 사람이 거의 없다. 나 역시 마찬가지였다. 레클리스의 이야기를 듣는 내내 가슴 한편이 저린 듯 아팠다. 전쟁에서 희생한 군인에 대한 예우와 책임을 끝까지 다하는 나라. 영웅을 존경하고 기억하는 나라. 그런 나라만큼 위대한 나라가 또 있을까?

레클리스의 이야기를 책으로 써 널리 알리고 싶다는 김신영 작가의 외침에 두 주먹을 움켜쥐었다. '책을 만들자. 레클리스의 이야기를 모두에게 알리자.' 출판사의 수익은 차치하고 영웅을 존경하고 기억해야 한다는 마음만으로 이 책을 펴냈다. 레클리스의 이야기가 한낱 미담으로만 회자되지 않도록 부디 이 이야기를 함께 읽어 주기 바란다.

출판사 동양북스 대표

김태웅

통신 케이블을 실어 나르는 레클리스.

레이섬 병장에게 철조망 넘는 법을 훈련받고 있는 레클리스의 모습.

병사들이 묵는 텐트에서 머물거나 자기도 했던 레클리스.

위험 시 자세를 낮추는 훈련을 받고 있는 레클리스의 모습.

레클리스 훈련에 사용됐던 트레일러.

거친 비탈길을 이동 중인 페더슨 중위와 레클리스.

포탄이 발사되는 중에도 침착하게 자리를 지키는 레클리스.

75밀리미터 무반동총과 나란히 선 레클리스.

처음으로 코카콜라를 맛보는 레클리스.

레클리스의 건강을 관리하던 의무병 미첼과의 한때.

경주마 네이티브 댄서와의 대결을 제안하기 위해 찍은 사진.

레클리스의 하사 진급식 현장.

페이트 장군이 레클리스에게 계급장을 달아 주는 모습.

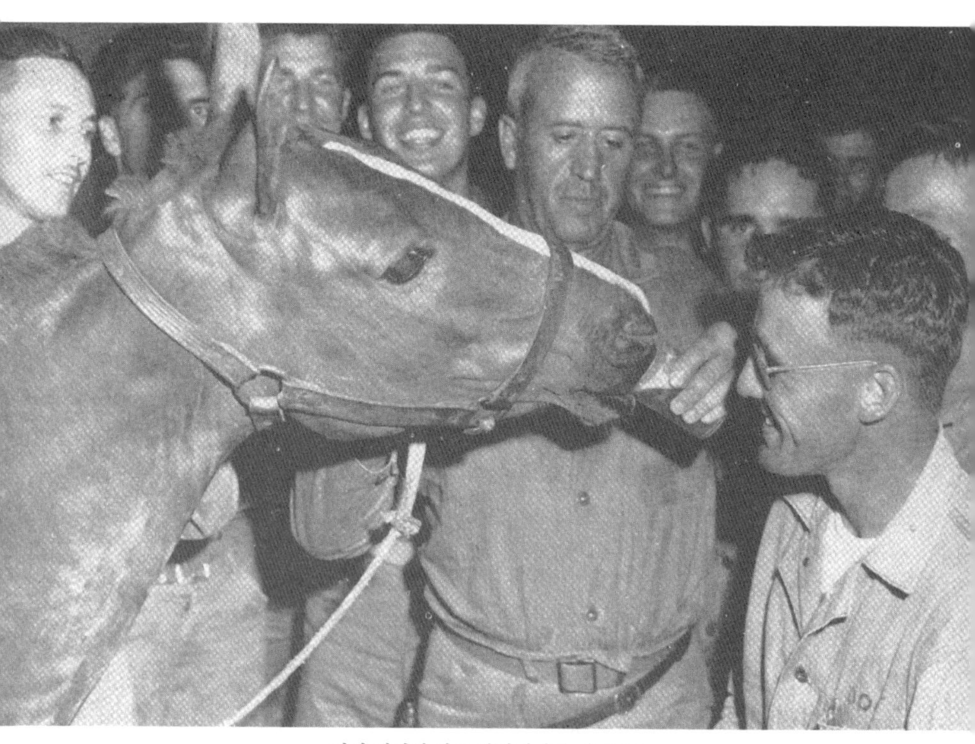

기어 대령의 환송 파티에서의 레클리스.

미국 귀환을 앞둔 기념식에서 무어 일병과 레클리스.

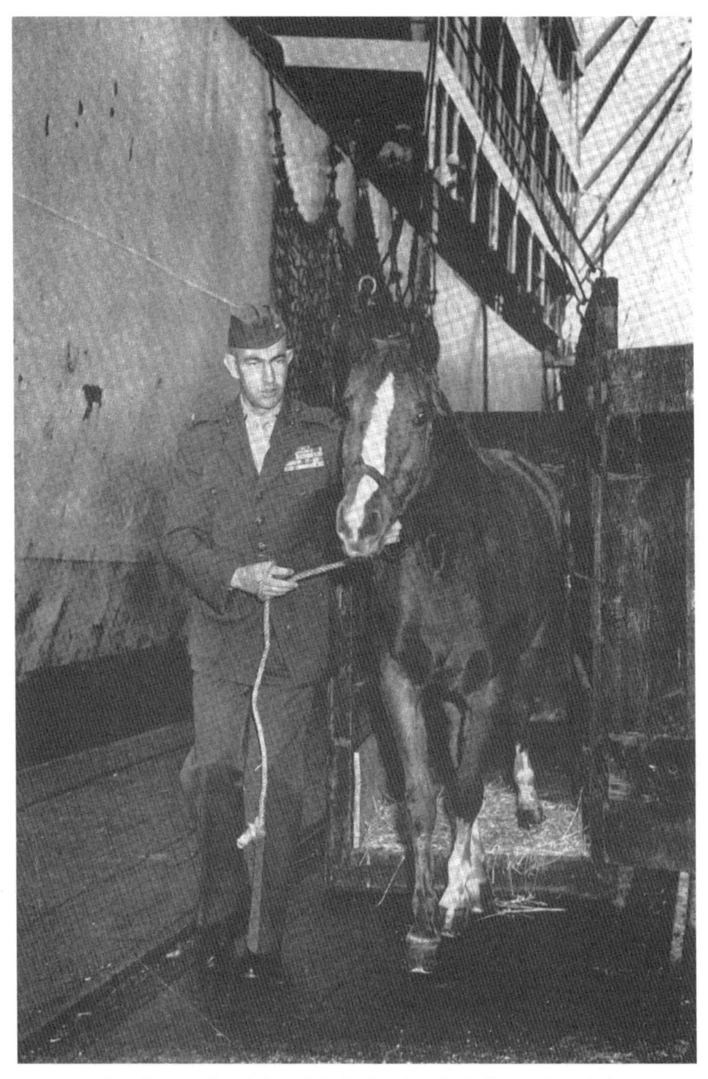

한국에 이어 미국에서도 계속된 레클리스와 페더슨 중위의 인연.

샌프란시스코에서 사진기자들에게 둘러싸인 레클리스.

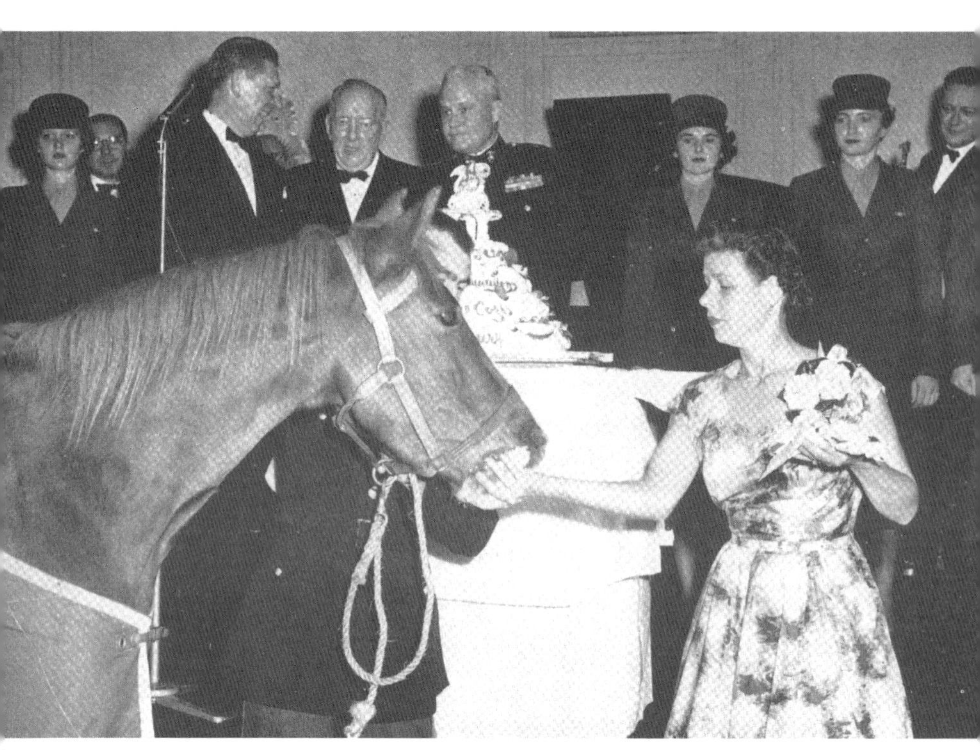

환영 행사장에서 가장 먼저 케이크를 먹고 있는 레클리스.

캠프 펜들턴에서 방명록에 흔적을 남기는 레클리스의 모습.

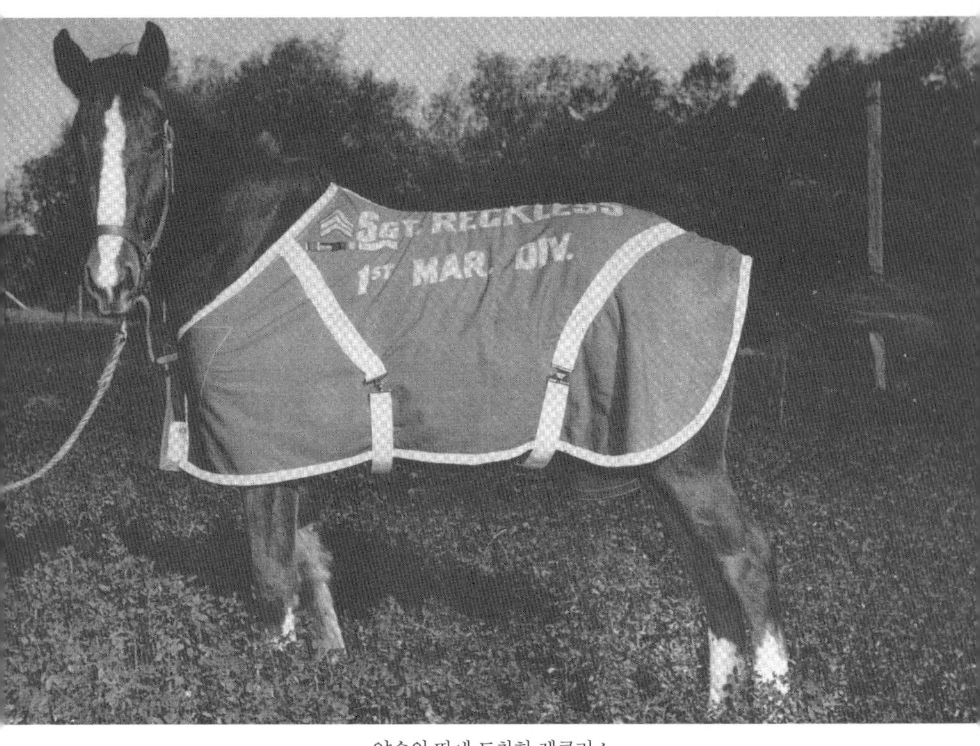

약속의 땅에 도착한 레클리스.

미국에 세워진 한국전쟁 영웅 레클리스 동상.

레클리스

1판 1쇄 인쇄 2024년 12월 30일
1판 1쇄 발행 2025년 1월 24일

지은이 김신영

발행인 김태웅
책임편집 문일완
디자인 표지 A.u.H, 내지 곰곰사무소
마케팅 총괄 김철영
마케팅 서재욱, 오승수
인터넷 관리 김상규
제 작 현대순
총 무 윤선미, 안서현, 지이슬
관 리 김훈희, 이국희, 김승훈, 최국호

발행처 (주)동양북스
등 록 제2014-000055호
주 소 서울시 마포구 동교로22길 14 (04030)
구입 문의 전화 (02)337-1737 팩스 (02)334-6624
내용 문의 전화 (02)337-1739 이메일 dymg98@naver.com
네이버포스트 post.naver.com/dymg98
인스타그램 @shelter_dybook

ISBN 979-11-7210-086-5 03810